ダッシュエックス文庫

JN178279

左遷された【無能】宮廷魔法使い、
実は魔法がなくても最強

すかいふぁーむ

プロローグ
PROLOGUE

「ふぅ……」

息を吐いて呼吸を整える。

目の前に聳《そび》えるのは悠然《ゆうぜん》と構える巨大な魔物。

家一軒を優に超えるサイズを持つ猪《いのしし》のような存在は、武器もなしに立ちふさがった俺を見て余裕の表情を浮かべている。

——グランドボア

並の兵士が百人集まってようやく倒せるといわれる危険度Bにランク付けされた魔物だ。

しかも……。

「でかいな」

通常の個体よりは二回りは大きい。

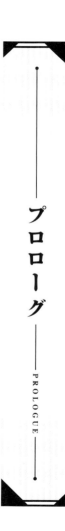

おそらく変異種。危険度はワンランク上昇する。

つまりAランクの魔物が、目の前に聳えるグランドボアというわけだ。

危険度Aランク。町をたった一体、たった一日で破壊し尽くすとされる魔物。

「流石《さすが》に素手《すで》でやり合うにはちょっと、迫力がすごいな」

剣が使えなくなってもうしばらく経《た》つ。

グランドボアのベースは猪に近いが、その巨体と禍々《まがまが》しいオーラがすでに獣《けもの》のそれとは異次元のプレッシャーを放っていた。

これと今から、素手でやり合わないといけない。

「とはいえお前くらいなら、やり合ったことがないわけじゃない」

相手も相手で、こんな小さな生き物相手に負けることなど考えてはいないのだろう。

余裕の表情はこちらをあざ笑うようにすら映る。

ここはもう森の出口にほど近い場所だ。

こんな魔物が町に繰《く》り出せばどうなるかは考えるまでもない。

そうさせないために、俺が——守護魔法使いが存在する。

「行くぞ」

「グルゥァアアアアアアアア」

咆哮《ほうこう》と同時に突進してきたその巨体を……。

「ふっ」

「――っ⁉」

半身《はんみ》で躱《かわ》しつつ、足に打撃を加える。

ただの人間がこれほどの威力《いりょく》で殴ってくるとは思わなかったんだろう。

獣の身体《からだ》が一瞬よろける。

思わぬ衝撃に、魔物が初めて焦《あせ》りの表情を見せるが……。

「もう遅い」

崩《くず》れた体勢を整える暇《いとま》は与えない。

傾いた身体を戻そうとした勢いを利用して、今後は逆に魔物の身体を押し出すように打撃を加える。

「グアァアアアアア」

怒りで吠《ほ》えるが、その程度でひるむことはない。

そのまま追撃《ついげき》を重ねていく。

体格差はそのまま耐久力の差になる。これだけの巨体に素手で挑《いど》んでいるのだ。なかなか仕《し》留《と》めきれないが、それでも反撃の隙《すき》を与えるわけにはいかない。

相手に一度でも反撃の機会を与えれば、その時点で俺は死に至《いた》るだろう。

だから一度も、反撃を許さない。

魔物もただでは死なぬと抵抗を重ねるが、この状況で巻き返させるほど甘くはない。

「終わりだ」

頭に拳《こぶし》を叩《たた》き込む。

「グルァアアアアアアアアアアアアアア」

それまでのダメージも相《あい》まって、魔物は断末魔《だんまつま》の叫びをあげる。

そのままドシンと森を揺らして倒れ込んだのだった。

一章　追放

——二十五歳まで童貞《どうてい》だと魔法使いになれる。

まことしやかにささやかれる都市伝説。

これが真実であることを知っている人間はごくわずかで、俺はその中の一人ということになる。

なぜなら自分が、童貞《魔法使い》だから。

「見ろよ……あいつ……」

「ジーグだったか？　左遷《させん》されてきた無駄飯食《むだめしぐ》らい……」

ヒソヒソとささやく声が耳に刺さる。

辺境の町、ヘルティア。

宮廷守護魔法使いとなった俺が命じられてやってきた町だ。

今の俺はヘルティアの守護魔法使いということになるんだが……。

「武器も使えないし、魔法も使えない出来損《できそこ》ないって……」

「いいご身分だよなぁ。宮廷魔法使い様は。何であんな奴《やつ》に税を取られないといけないんだ」

「せめてもう少し、役に立つ魔法使い様なら良かったのに……」

この通り、少し町を歩けば歓迎されていないことがわかる。

こう言われるのも仕方ない部分があるとは思ってはいた。

魔法使いはそもそも厄介者揃《やっかいものぞろ》いで嫌われがちというのもあるが、俺は魔法使いでありながら魔法が使えないからな。

宮廷魔法使い候補として王都で育てられ、無事魔法使いになってすぐ、この辺境の町に送られることが決まった。

左遷と笑われたが、事実そうだと思う。

宮廷の診断は絶対だ。俺は間違いなく魔法使いになった。

魔法使いとは異能使い。

そして俺は、【無能】だった。

正確には【強化】という魔法を授かったが、使用方法が不明なのだ。

用途不明の魔法など無能扱いされても仕方がない。

実際、年齢だけで魔法使いになれる世界でこの真実が浸透していない理由はここにあった。

水をまずくする魔法。

泥水《どろみず》を一滴分だけ飲めるようにする魔法。

耳が少しだけ悪くなる魔法……。

大多数の魔法は、身につけたとしても意味がなかったり、気づけなかったり、デメリットにしかならないものといったラインナップなのだ。

それに加え十五で成人し、その前後で結婚が決まるのが当たり前の世界で、二十五まで童貞を貫《つらぬ》く人間はそう多くない。

結果、魔法使いは宮廷が目を付けた魔法使い候補からしか生まれないというのがこの世界の常識だ。

そして俺は、宮廷に仕《つか》える魔法使いでありながら、何の役にも立たない魔法に目覚めてしまった役立たず。

しかもより悪いことに、魔法使いになると同時に何故《なぜ》か武器が扱えなくなっていた。

せめて剣が握れれば並の魔法使いよりも戦闘能力があったので役にも立てたんだが、それすらなくなった俺は宮廷に居場所がなくなったわけだ。

それでも魔法使いという肩書きだけはあるので、こうして辺境の守護魔法使いを命じられてここに来たのだが、来た時には【無能】のレッテルはすでに広まっていて、町に買い物に来てもこんな扱いだった。

「ちっ……。ジーグか。本来ならお前みたいな無駄飯食《むだめしぐ》らいには何一つ売りたくないんだがね」

町で一番大きな商店の女店主、ヴァイルが俺を見るなり悪態《あくたい》をつく。

「申し訳ない」

「ふんっ。良いご身分だよ。何もしてないのに金だけは入ってくるんだろう？」

乱暴に商品とおつりを投げ渡される。

森から危険な魔物が出ないように活動はしているが、その報告が町の人たちに伝わっていないこともうずいぶん前からだったので気にしない。

「魔法使い様は良いご身分だね。全く」

ヴァイルはまだ言い足りない様子で俺に向けてこう続けた。

「世の中大抵《たいてい》のことは魔術で事足りるってのにねえ」

そう言いながら、近くにあった飲み物を手元に引き寄せる。

風魔法の応用――魔道具を利用したものだろう。

火、水、風、土……。基本属性を元に扱える魔術は、それらを元に作られた魔道具が生活の基盤となっている。

それに対して、俺たち魔法使いが使用するものは異能だ。

時間を操《あやつ》るもの、磁力《じりょく》を操るもの、爆発物を生成するもの……。魔法使いに期待されるのはそういった特別で奇跡のような力であり、それがそのまま戦闘に生かされるような能力だ。

ヴァイルが言うように、魔術で生活の支えは十分満たせるのだ。

普通に暮らしていて魔法使いを必要とする声は少ない。

これも魔法使いが忌《い》み嫌われる理由の一つだろう。

「なんだい。まだいたのかい？　さっさと消えな。あんたみたいなんがいつまでも店にいたら悪いもんがうつりそうだ」

そう言われて慌《あわ》てて店を出る。


「はぁ……」

思わずため息も出る。

「【強化】か……」

魔法使いに認定され、【強化】という異能を得て、変わったことと言えば剣が持てなくなったくらいだ。

本当に我ながら思う。【無能】だと。

せめて剣が握れればとは何度も思った。

「まあできることをやるしかないんだけどな」

守護魔法使いの仕事は町の治安維持《いじ》。

辺境に配備された以上やることはシンプルだ。

「幸いにして剣が持てなくても普通の人よりは戦える」

森に現れる魔物は強いし数も増えてきているが、まだ対応できている。一応俺でも守護魔法使いとしての役割は果たせるだろう。

物心がついたころにはすでに宮廷で守護魔法使い候補だった。

そのための訓練の日々だったし、剣が握れなくなっても、無駄ではなかったことも多い。

とにかく誰が何と言おうと、守護魔法使いとして与えられた役割はこなし続けるだけだ。

せめて無能なら、できることだけはしっかりやりたいからな。

「自分に恥《は》じない生き方をするために……」

もう顔も朧気《おぼろげ》な両親の言葉を思い出しながら、町のはずれ、ほとんど森の入り口にある自宅に戻ってきたのだが……。

「え？」

何故か俺の家の周りには、何人もの武器を持った町の人がいた。

顔はわかる。

町の自警団の面々だ。

「何かあったのか？」

とにかく状況を確認するために声をかけたが、返ってきた声は家の中からだった。

「来たか」

バン、と乱暴に扉が開く。

それでなくてもボロボロだった家だが、今の衝撃で扉も壊されたらしい。

それに中がぐちゃぐちゃになっているのもひと目でわかった。

「これは……」

空《あ》き巣でも入ったのかと思ったが、中から出てきた男——ヘルティアの町長、ロイブの口からは想定外の言葉が飛び出した。

「ジーグ。お前はもう必要なくなった」

「え……？」

ヘルティアの町は辺境伯の管理下にあるが、その中で管理を任されているのが目の前にいる男、ロイブだった。

特徴的で大きな鼻が目立つ初老の男で、いつも通りいい身なりで、後ろには護衛《ごえい》が付いている。

ついさっき買い物をしてきた商店の女店主、ヴァイルの夫でもあった。

そのロイブが俺に向けてこう言う。

「ずっと言われていただろう？　無駄飯食らいと。これまでは何とか我慢《がまん》をしてきたが、もう限界だ。無能の分際《ぶんざい》で魔法使いという肩書きを利用し金を得る図々《ずうずう》しい人間に嫌気が差したというわけだ」

得意げに話すロイブに同意するように、武器を持った町人たちが俺を睨《にら》む。

「全《すべ》て町長から聞いてるぞ！　ろくな働きもせず高い金だけ持っていくゴミだと！」

「お前みたいな奴がいるせいで俺たちの生活はいつまでも苦しいんだ」

口々に町人たちが叫ぶ。

それを得意げな顔をしてロイブが眺《なが》めていた。

「そうか……」

もうそこまでいっていたのか……。

この状況で俺が何を言ってももはや無駄なことはわかる。

「ふふん。いつまでも肩書きに甘えてきた罰《ばつ》だ。お前のようなお荷物は誰にも求められていない。だが厄介《やっかい》なことに肩書きだけはご立派《りっぱ》だ。宮廷守護魔法使い……。何もしない、何もできない無能というのに町人の金だけは巻き上げていく。本当にろくな奴がいないな！　魔法使いなんて奴は……！」

ロイブの言葉に自警団である町民たちも頷《うなず》く。

「これは町の総意だ！　せめて皆のため、自分で身を引け」

「自分で……？」

「そうだ。腐っても宮廷魔法使いなんて名乗られていたんじゃこちらから解雇《かいこ》するのは少々骨が折れる。だからお前が自分から辞めるんだ。わかるか？」

「……そういうことか」

確かにそもそも、町長であるロイブにその権限はない。

俺は一応王都で王命を受けてこの場にいるわけだ。

解任するならせめて、この町の領主である辺境伯でも出てこなければいけないだろう。

王命があろうとなかろうとそもそも、魔法使いというだけで貴族と同等の立場は一応与えられるからな。

家をぐちゃぐちゃにされても文句ひとつ言えない程度の、意味のない立場だが……。

「いいのか？」

もう一度町人たちの顔を見る。

心底《しんそこ》嫌そうに俺を睨みつけているあたり、どうしようもないんだろう。

ならせめて、その後のことを考えよう。

「一応この辺《あた》りの魔物は毎日討伐《とうばつ》していた。今後それがなくなっても、大丈夫なんだな？」

俺がそう言った途端《とたん》……。

「ふっ……ははは。お前未《いま》だそんなことを言っていたのか」

突然町長が笑いだす。

予想通りと言えば予想通りの反応が返ってくる。

「はっ……。そんなほら話をまだ誰かが信じていると思ったのか。お前には確かに周囲の魔物の討伐を任せた。そして毎日お前は討伐報告を挙げていたが……ふふっ」

町長がこらえきれず話しながら笑い出す。

「ここら一帯は特に危険な魔物など出ないのだ。お前はでっち上げた魔物の討伐報告をしているようだが、大方《おおかた》王都で手に入れていた素材を小出しにしていただけだろう」

得意げにそう語る町長に同調する自警団の面々たち。

「いや……それは嘘《うそ》じゃなく……」

「馬鹿《ばか》め。言いたいことはそれだけか？」

取りつく島もなかった。

今まで信じてもらえなかったのにこのタイミングで信じるはずもないか。

うなだれていると自警団の一人が近づいてきてこう言った。

「これでお前を見ないでいいんだと思うと清々《せいせい》するな」

「二度と町に来るんじゃねえぞ！」

「……そういうことだ」

にやりと笑った町長がそう言って、俺はその場を後にせざるを得なくなる。

後ろはさっきまで買い物をしていた町だ。

行ける場所はもう……。

「お前は魔物を倒していたらしいじゃないか。せいぜい森の中で頑張って暮らせばいい」

「ぎゃははは」

そんな言葉と笑い声を背に、俺は全てを失ったのだった。

◇【ロイブ視点】

「やっと目障《めざわ》りな馬鹿が消えてくれたな」

家の中に置かれていた食器を手に取ったかと思うと、ロイブは勢いよくそれを壁に投げつける。

特に意味のない憂《う》さ晴らしだ。

だがその憂さ晴らしのせいで、限られた稼《かせ》ぎの中でジーグが集めたポーションや魔道具が破壊されていく。

高い金を巻き上げていくとされていたジーグだが、実際にはジーグの手元に金はほとんど入っていないのだ。

「ふん。下らんものを集めよって……どうせ奴が帰ってくることはないからな」

意地悪い笑みを浮かべてぐちゃぐちゃになった家を眺める町長、ロイブのもとに自警団を務める町人たちが集まってくる。

「本当にありがとうございます！」

「これで俺たちは……」

「ああ、案ずるな。あやつが無駄に金を食っていたのだ。これからは多少楽になる」

「ありがとうございます！」

町人たちはロイブに感謝するが、実際には町人から巻き上げられた税はロイブの懐《ふところ》に入っている。

だが、町人たちはロイブの話を鵜呑《うの》みにして、自分たちの生活を無駄に苦しめる悪としてジーグに恨《うら》みを募《つの》らせていた。

元はと言えばジーグに関する噂《うわさ》を流したのもロイブだ。

町長という立場上、多少は王都の情報が得られるロイブは、自分の町に来る守護魔法使いが【無能】であるとの情報を聞きつけていた。

その情報に踊らされる形で町人たちに噂を流し、そのヘイトを利用して自身の贅沢《ぜいたく》のために金を集めてきたというのが真相だ。

そのことを知らずに呑気《のんき》に礼まで言う町民たちを見て、ロイブはほくそ笑む。

扱いやすい馬鹿ばかりで良かった、と。

「ですが町長、本当に良いのですか？　奴はあれでも宮廷に認められた守護魔法使い。役に立つかは置いておくとして、王都との関係は……」

「可、気にするな。すでに話はつけてある」

ニヤリとロイブが笑う。

「流石《さすが》です」

「魔法使いなんてまともな奴などいないのだ。せめて有用であってくれんとな」

ロイブがいやらしく口元を歪《ゆが》ませながら言う。

ロイブの後ろ盾《だて》はこの地を治める辺境伯家だ。彼らと話し、すでに代わりの魔法使いは見つけているし、王都との問題も発生しないよう根回しはしている。

愚《おろ》かで扱いやすい町民を適当に相手するだけで、庶民《しょみん》としてはあり得ない贅沢を享受《きょうじゅ》している。

そのことを噛《か》みしめ、ロイブは内心笑いが止まらないでいた。

ロイブは町長の父の元に生まれ、幼《おさな》いころからその仕事を継ぐために育てられてきた。

貴族ではないが幼いころから特別な存在としてちやほやされてきた上に、一般の町民では享受できない行き届いた教育を受けたロイブは、本来なら町を導く優秀な存在になり得るはずだった。

だが、ロイブに対する特別な教育は周囲が予期しないほど最悪の結果を招いていた。

幼少期から一貫して、いかに立場を利用して良い思いができるかだけを考え続けてきたのがロイブだ。

町を統治する能力はほとんどないのに、どうすれば自分にとって利益になるかだけは考えついてしまうのだ。

「全て任せておけばよい」

そう言って笑うロイブに誤算があるとすれば、ジーグを完全にただの【無能】と思っていた点だろう。

ジーグが報告していた魔物たちが嘘であると信じ切っているが、森に魔物は存在している。最近になって被害がなくなっていた理由は紛《まぎ》れもなくジーグの仕事のおかげだった。

だが【無能】と決めつけて噂を流したロイブは、ジーグがまともに仕事をしているという事実を受け入れることができない。

ジーグに【無能】でいてもらわなければ、その言葉が自《みずか》らに跳《は》ね返ると思っているのだ。

もしジーグが不在のときに、報告にあるような魔物が現れたら、訓練されていない自警団だけでは町を守ることはまずできないだろう。

今自分の周りで一緒に笑っている自警団は、ただの町人が農具に近い武器を手にしただけの人間たちだ。当然ながら、戦闘力など皆無《かいむ》だった。

「これで奴に使っていた金もさらに浮く……この愚か者たちでは一生かけてもたどり着けないような贅沢を堪能《たんのう》できるというわけだ」

制御《せいぎょ》できないにやけ顔のまま、周囲に聞かれないようにブツブツとロイブがつぶやく。

計画の不備など到底《とうてい》起こり得ないものとして、ロイブは町人たちと計画の成功を喜び合っていた。

◇

「困ったな……」

不幸中の幸いは森の中に毎日出入りしていたことだろう。

そのおかげで一旦《いったん》休める程度に開けた場所にやってきて、座り込んで考える時間ができた。

「どうしていくか……」

切株《きりかぶ》に腰を据《す》えて、ようやく状況が飲み込めてくる。

一連の流れを思い出して頭を抱える。

「あそこまで話を聞いてもらえないとは思っていなかった」

町長や町人たちの反応を思い出す。

【無能】であることは間違いないが、それなりに役に立てるように頑張ってきたつもりではあった。

この森は確かに危険な魔物は多くはないが、全くいないわけではない。

魔法使いが対応するべき相手も十分にいるし、実際過去この領地は魔物のせいで大きな被害を受けたことがある。

放っておけば数が増えて、一気に町に溢《あふ》れ出す可能性もなくはない。

一匹や二匹なら定期的に町に出現していてもおかしくはないくらいだ。

「王都の書物に書いてあったし、みんな知ってるかと思っていたが……」

町長はこの辺りに強い魔物は出ないと信じ切っていたようだし、町民も異を唱《とな》えていなかった。

本当に守護魔法使いの仕事をする者がいなくなっても大丈夫かという心配もあるが……。

「まあ町のことは心配しなくても代わりは来るだろうし、今はそれより自分のことか」

改めて考えて、そして途方に暮れて天を見上げる。

「困った……」

元々生まれてほとんど記憶もない段階で王都に呼ばれて育ったのだ。

そのまま宮廷魔法使いになったまではいいとして、今の俺はその職を追われた状態。

王都に行って報告する必要はあるんだろうが……。

「気が重い」

それに報告した後のことも考えないといけない。

結局仕事を失ったことは間違いないわけで、その先どうやって稼いでいくのかも考える必要がある。

左遷された上に現地から追い出された魔法使いなんて王都も面倒《めんどう》を見たがらないだろうから

な。

「はぁ……」

天を仰《あお》いだままため息をつく。

「雨……」

山の天気は気まぐれとはいえ、何も今降らなくてもと思う。

まるで天気まで追い打ちをかけてくるようだ。

「とりあえず、この雨じゃ動けないな」

どうせなら色々この時間で考えるとするか。

そのまま寝そべるように身体を傾けて――。

「え……？」

「あっ……」

「――っ!?」

驚いてその場を飛びのく。

こんなところに人がいるなんて思っていなかった。

しかも。

「女……の子？」

町で見たことがないし、どこから来たかもわからない。

わかるのは王都でもこんなレベルはいなかったと言い切れるくらい整った顔立ちをしていることくらいだ。

というより、なんでこんなに近くに来るまで気づかなかったんだ？

いつの間に近づかれたのかも、いつからそこにいたのかも何もかもわからない。

集中力が欠けていたとはいえ、森の中でここまで接近を許したことなんてなかったのに。

「あ……う……」

「大丈夫か⁉　怪我《けが》でもしてるのか⁉」

「う……？」

様子がおかしい。

うつろな目でぼろ布を纏《まと》っただけの少女が、こんな山奥に一人。

事情はわからないが、ひとまずこのままじゃだめだな。

「ここじゃ濡《ぬ》れるだろ。雨が上がったら町に送る」

一人ならもういっそ濡れて過ごすかと思ったが、事情が変わった。

近くに雨宿り程度には使える場所がある。木々の生《お》い茂っている場所なら雨も和《やわ》らぐと思って連れて行こうとしたが……。

「え？」

「……」

無言で服を引っ張られる。

うつろな目のままではあるが、真っ直《ます》ぐに、じっとこちらを見つめてくる。

「ついて来いってことか？」

俺がそう聞くと、こくんと首だけ動かして先導し始める。

「……仕方ないか」

もうなるようになれだ。

大人しく目の前の少女についていくことにする。

「本当に何でこんなことに……」

色々考えることはあるというか、考えることが多すぎて思考を放棄《ほうき》する。

「……」

「……」

とはいえこうしてただ歩いていると勝手に頭は回ってくるな。

森で一人。もしかすると怪我もしているのではないかというほど衣服がボロボロだ。

ただその身なりはともかく、少女の容姿は非常に整ったものだった。

考え得るパターンはいくつかある。

ただ森に迷い込んだだけの可能性もあるし、そもそも自分の意志でここまで来た可能性すらある。

あるいは誰かに攫《さら》われた可能性も。

何もわからないし、どこに連れて行くつもりかわからないが……。

「着いたら食事は分けるとするか」

幸い町で買い物をしてそのまま追い出されたからな。最低限の食料や回復薬はある。

やれることはあるだろう。

そんなことを考えながら黙って少女について行ったんだが……。


「え……？」

「……」

連れてこられたのは洞窟《どうくつ》だった。

無言で入れと促《うなが》してくる。

いや、洞窟くらいならこの森の中にはいくつもある。

あるんだが……。

「ここで生活していたのか？」

「あう……そ、そう」

森には似つかわしくない生活感のある空間がそこには広がっていた。

焚火《たきび》の跡と、食事を作ろうとした跡。

衣服もいくつか干《ほ》されている。服なのかただの布なのか怪《あや》しげだが、今着ているものを見るにこれは服だ。

料理は木の実を適当につぶしたり混ぜたりした程度。

色々と不器用でたどたどしい感じではあるが、それでもこの光景は森の中において明らかに異質なものだった。

「一体いつから……」

「えっと……あう……」

一瞬考え込んで、すぐにうつむく。

記憶が混濁《こんだく》しているのかもしれないし、そのせいで言葉もたどたどしいものになっているのかもしれない。

「それ、より……」

たどたどしいながらも少女は再び俺の服を引っ張って洞窟の中に招き入れる。

「ああ。いつまでも雨に当たってても仕方ないか」

そのために中に引っ張って行ったのかと思ったんだが……。

「あれ？　まだ先に進むのか？」

「は、い……」

それだけ言ってずんずん洞窟の奥に進んでいく。

ぱっと見はそう広くない洞窟かと思ったが、意外にも奥に空間が広がっていた。

使っているのは手前だけで、奥は殺風景な岩肌《いわはだ》が目立つ。

そんな場所を一区画進んだ先に……。

「は……？　これは……」

洞窟に似つかわしくない……いや、ある意味では似つかわしい空間が広がっていた。

「あげ……ます……」

「いやいや!?」

広がっていたのはどこで集めてきたのかわからない財宝の山だった。

「これ……一体どこで……」

元々ここにあったのかと思ったが、そうではないことは中身を見ればわかる。

「あっ……めた……」

少女がこちらを向いて言う。

「集めたって……。いや確かに、よく見たらこの硬貨、今のものじゃないな……」

無造作《むぞうさ》に積み上げられた硬貨や武具、魔道具たち。

綺麗《きれい》に磨《みが》かれているせいで気づかなかったが、古いものが多く混ざっている。

森を探索していれば確かにこういった品々が落ちていることはある。だがこの数と保存状態が異常だ。

「綺麗に……した……」

「綺麗に」

本当に何者なんだ？

いやそもそも、これを俺にあげるって言ったけどそれも理由がわからない。

とにかく話をしたいが……。

「名前は？」

「なまえ……？　なまえ……」

少女がうつむいてしまう。

やっぱり記憶が？　と思ったところで。

「ルルナ。ルルナ、です」

少女……改めルルナがそう言った。

「ルルナか。俺は――」

名乗ろうとした俺の声を遮《さえぎ》る形で、ルルナがたどたどしくこう言った。

「知って、ます。ジーグ……さん」

「どうして……」

「ずっと、見てました」

現れた時と同じく、真っ直ぐこちらを見つめながら、ルルナはそう告げたのだった。

◇

ルルナと出会って三日。

相変わらずルルナが拠点にしている洞窟で過ごしていた。

三日でわかったことがいくつかある。

ルルナはやはり記憶を喪失《そうしつ》していた。

名前以外のことは思い出せない様子で、それどころか人としての生活能力すら一部失っているような状況だ。

本能で生きているような、これだけ綺麗な見た目に反してどこか野性味を感じる。

出会ったときのたどたどしい言葉は随分《ずいぶん》改善されたが、それでもまだ言葉に詰まるシーンもある。

「ジーグさん、これ」

「ああ、ありがとう」

ただ慣れてきたルルナはたまにこれを悪用してきていた。

「これ、食えるのか？」

「大丈夫。美味《おい》しい」

無邪気な笑みの裏に有無《うむ》を言わせない圧《あつ》を感じる。

「でもこれ、なんか毒々しい色──」

「大丈夫。美味しい」

「……そうか」

まあ実際それで悪いことになったことはないし、ルルナに悪意があるわけではないのだろうが、それでも悪用シーンはいくつかあった。

例《たと》えば……。

「きのこ」

「だめ、です」

「だめ、です」

「食べられるものはあるだろう？」

「スープにするとおいし──わかったわかった」

毒々しい見た目の木の実は食べるのに、キノコ類は食べられるものでも絶対に手を出さない謎のこだわりがあった。

今のところ支障は出ていないし、最終的には無言の圧でこちらが折れるという形で、奇妙な共同生活を送っている。

衣服やポーション、スパイス類は俺が鞄《かばん》に入れていたものを中心に大分整ったし、日々の消耗品《しょうもう》である食料や魔道具は、ルルナがどこからともなく拾ってくる。

今まではなかったようだが、俺が狩りを行えば肉も食える。

魔物が存在する森や山は普通の人が入れば帰って来られない場所だ。

そんな危険な場所だというのに、奇妙なことに生活が成り立つようになってしまう。

だが一つだけ問題があった。

きのこが食べられないことも変な色の木の実を食べさせられることもまあいいとして、これだけは何とかしたい。

「ルルナ。飯《めし》はいいとして、そろそろ俺も寝床《ねどこ》を作りたいんだが……」

「だめ、です」

ジッとこちらを見つめてルルナが言う。

「でもなぁ……」

「だめ、です」

グイッとこちらに近づいてきて、相変わらず真っ直ぐ目を見てルルナが言う。

あれから二泊。ルルナが作った洞窟内の寝室で眠ることを強制されている。

最初は仕方ないと思った。事情もわからなかったし、心細いのだろうと保護者のような気持ちで接することができた。

だが当初ほどのたどたどしい様子も、弱々しい様子も薄れてきて、残ったのは信じられないほど端正《たんせい》な顔立ちの美少女なわけだ。

しかもぼろ布を纏っていたときと変わらない無防備さのまま。

そういう経験がない俺にとってはもはやどうしていいかわからない。

「ルルナ、寝てるとぼーっとしてこっちに来るだろ」

「ダメ、ですか？」

「うぐ……」

無自覚なせいで断れない。

いやこれが無自覚なのか狙《ねら》ってやっているのかが怪しげなところも含め、徐々《じょじょ》にルルナのことがわかってきたのはいいんだが……。

「せめて寝巻《ねまき》をもう少しちゃんと作るか」

「はい！」

今の寝巻はちょっとな……。

「じゃあちょっと、狩りのついでに素材集めと行くか」

「あっち」

「ああ」

狩りの時間。

ルルナのこの嗅覚《きゆうかく》のようなものに頼らせてもらうのもここ数日でできたルーティーンだっ

た。

獲物《えもの》の場所も、危険な場所も、ルルナは感覚で嗅《か》ぎ分ける。

ルルナにとって危険な相手でも、俺にとっては問題ないケースも多いため相性がいいと言えた。

ルルナが先導する形で目的地に向かう中で考える。

多少マシになったとはいえルルナの服はまだぼろ布が少し重なった程度だ。

「寝巻くらいならともかく……そろそろどこか人里《ひとざと》で買い物くらいは必要か」

自分でも驚くほど馴染《なじ》んでいる生活だが、いつまでもこうしているわけにはいかないだろう。

俺自身、町を追われたとはいえまだ宮廷に仕える魔法使いという役割はある。

このまま何も報告せずにというわけにはいかないことを考えれば、一度王都には行かないといけない。

「相変わらず気は重いけどな」

ルルナとの出会いで随分楽に考えられるようにはなったが、それでも今から行うのは失敗の報告だ。

そもそも【無能】判定以降、王都での扱いも大概《たいがい》だったわけだし、どんなことになるかは考えるまでもないだろう。

そうなると……。

ルルナを見る。

歩きにくい山道を意外なほどすいすい進んでいく満面の笑みのルルナ。

彼女を王都のゴタゴタに巻き込みたくはない。

どこかで信頼できる場所でも見つかればいいんだけどな。

「ジーグ、さん」

振り返ったルルナが心配そうに首をかしげる。

「ああ悪い。考え事して遅くなった」

「大丈夫」

ルルナはそう言うと笑って、もう一度言う。

「大丈夫」

力強く、こちらを見つめて。

どこまでわかってるんだかな……。

でもルルナの言葉が、俺の中で整理のつかない気持ちを和らげてくれるのは間違いなかった。

「ありがと」

「はい！」

そう言ってまた進み始めようとしたところで──。

「ルルナ！」

「え……？」

ルルナの身体が何者かに持っていかれる。

「――っ！」

思わず剣に手を伸ばそうとして舌打《したう》ちが出る。

剣はもうない。そんなことはもう何年も当たり前になっていたはずなのに、それでも思わず手を伸ばそうと思うほどに焦《あせ》っていた。

「くそっ」

走りながら後悔が頭を駆け巡《めぐ》る。

ルルナの危機察《さっ》知《ち》能力を過信しすぎた。

俺がもっと警戒《けいかい》しておくべきだった。

いくら山での生活能力が高く、スムーズに移動できていたからといって気を抜きすぎた。

ルルナを咥《くわ》えて走り去ろうとするその巨大な魔物に飛びかかりながら思考をまとめていく。

「とにかくルルナは、返してもらうぞ！」

咥えられたルルナを傷つけないように戦うシミュレーションを頭の中でいくつも組み立て、ようやく魔物に追いつく。

「グルゥウウ」

魔物もいつまでも追いかけられたのが鬱陶《うっとう》しかったようでようやく立ち止まる。

魔物のレベルはこれまでこの森でやり合った相手と同格。

問題はルルナだけ。

ちらっとでもルルナの安否がわかればと覗《のぞ》き込もうとしたが……。

「くっ」

見えない。

少なくとも口に咥えられていることはわかるが、それ以上の情報が得られないのだ。

「仕方ない」

打撃でのんびりやり合う余裕はない。

ただ今の俺は武器を扱うことはできない。

周囲への影響が大きいから普段はやらないようにしていた奥の手を使う覚悟を決めたところで——。

「え？」

突如《とつじょ》、魔物の口から光が溢れる。

こんな攻撃見たことがない。

身構えようとして、異変に気づいた。

「魔物の方が、焦ってる？」

次の瞬間。

——キュィイイイン

魔物から発された光は、そのまま魔物を取り込むほどの大きさに膨《ふく》れ上がり、天高く昇って弾《はじ》ける。

「はっ……ルルナ！」

状況を確認するために近づくと……。

「これは」

そこにいたのはバラバラになった魔物と、ケロッとした表情で笑うルルナだった。

「まさかあれは……ルルナが？」

「はい！」

いつも通り元気に満面の笑みで答えるルルナ。

「ほんとにルルナは……何者なんだ？」

笑いかけてくるだけのルルナから答えはまだ、引き出せそうになかった。

二章　その後

Sasensareta [MUNOU] Kyuuteimahoutsukai, Jitsuha Mahouga Nakutemo SAIKYOU

「ロイブ様……。町人たちから――」

「わかっておる。代わりの魔法使いは誰かという話だろう？」

駆け込んできた秘書に、執務室でくつろいでいたロイブがにやりと笑いながら答える。

ロイブの予想はこの時点で外れているのだが、こうなると秘書から切り出すわけにもいかず、得意げなロイブの一人語りを秘書は聞き続けることになる。

「馬鹿《ばか》どもの考えることなど手に取るようにわかる。ジーグに支払っていた税を抑えろと言い出すと思うが……もう手は打っておる」

ニヤニヤと笑いながらロイブはこう続ける。

「馬鹿どもの共通点が何かわかるか？」

「いえ……」

「想像力が欠如《けつじょ》しておることだよ。あやつらは想像できんのだ。守護魔法使いがいなくなれば単純にかかる金が抑えられると信じ切っておるが……実際には守護魔法使いがおらんことで起きるデメリットも存在する」

「それは……ジーグは何もしていなかったと聞いておりますが、それでも……？」

「ふん」

上機嫌に鼻で笑ったロイブは秘書を務める男に近づき……。

「お前も早くこちら側に来るといい」

肩に手を置いて語り出す。

「これまではジーグが何もしていない方が都合が良かったのだ。無駄飯食《むだめしぐ》らいに莫大《ばくだい》な金がかかっているとなれば、連中はこぞってそこに不満を募《つの》らせる。馬鹿な連中は一旦《いったん》不満を募らせればそこにしか目が行かなくなるものでな。他のことは考えられなくなる」

ニヤニヤと得意げに続ける。

「とはいえジーグは実際に無能だったわけだがな。ありもしない魔物討伐《とうばつ》報告などしおって」

「魔物……」

秘書が魔物という単語に引っかかった様子だったが、ロイブは気にしない。

「だがこれからは違う。守護魔法使いは重要な人物であり、これがなくては町人たち自身が困るということを、わからせてやればよい」

「わからせる……？」

「ああ。手始めに町でならず者を暴れさせる。やつらにそれから身を守る術《すべ》などないのだ。必然的に守護魔法使いを求める声は高まり、かかる金にも納得していく」

「なるほど……。ではこの報告もロイブ様は把握《はあく》済みでしたか」

書類を畳《たた》みながら部屋を出ようとする秘書だったが、ここにきて初めてロイブが表情を変える。

「なに……？」

「東の町はずれ、森との境界にはぐれ魔物が数頭。町人の五名が怪我《けが》を負い、おそらく二名は死んだかと」

「魔物は？」

「何とか追い払いましたが、あの分だと何度も来るかと思われます。ですがすでに手を回されていたということなら一安心いたしました。流石《さすが》です」

ロイブが一瞬表情を歪《ゆが》めるが、秘書の話に乗ることを選んで調子を取り戻す。

「ふん。この程度は当たり前だ。だがその報告書は念のため置いていけ。後で確認する」

「かしこまりました」

「他には？」

「いえ……。この件を受けて自警団らが武器の供給を求めている点と、被害を受けた地域から救援の依頼がある程度かと」

「はっ。武器だと？　あんな使えん連中が武器だけでどうにかなると思っておるのか？」

鼻で笑ってロイブはこう続けた。

「適当に済ませておけ」

「はっ」

ロイブは椅子《いす》に座り込み、それを見た秘書が部屋を出ていく。

一人になったロイブは改めて独《ひと》り言《ご》ちる。

「魔物の被害だと……？　ここ数年そんなもの発生しておらんぞ」

規模は小さなものではあるが、ジーグを追放してしばらく経《た》ったところというのがロイブの中に嫌な感覚を植え付ける。

「ちっ……まあ良い。この件は代わりに来る魔法使いに押しつければよい」

問題を軽視したロイブはそれだけで秘書からの報告書をしまう。

元々自分以外の全《すべ》てを下に見るロイブだ。思考すべき優先順位は秘書から上がる報告よりも、自分の計画ということになる。

「魔物よりも、ジーグの始末《しまつ》を確実につけねばならん」

山で野垂《のた》れ死んでいればそれでよし。

そうでない場合の算段ももう、ロイブはつけていた。

「新たな守護魔法使い殿にはいきなり働いてもらわねばならんが……今頃すでに話はついているだろう」

ロイブがほくそ笑む。

領主であるガルファ辺境伯が直々《じきじき》に対応すると言った新たな守護魔法使いに、少なからずロイブは期待していた。

たとえどれだけ役に立たないとしても、【無能】たるジーグよりはましだろうとロイブは考える。

であれば、ジーグを処理するのもまた、簡単な仕事であろうと。

「何も問題はない」

自分に言い聞かせるようにつぶやいた言葉は、誰にも聞かれることなく部屋に響いたのだった。

◇

ルルナと出会って……というより、俺が町から追放されてもう半月ほど経っただろうか。

「ジーグさん！　木の実！」

「ああ。助かる」

森の中での生活は相変わらず順調。

そこで……。

「あ、あれ倒していいですか？」

「え？」

指さす方向にいたのは魔物ではないがそれなりに獰猛《どうもう》な獣《けもの》だ。

少女が倒すと宣言するには、いや普通の成人男性でも相手するにはそれなりの武器と覚悟が必要そうな相手だが――。

「やりました」

「え？　もうか？」

スピード感に戸惑《とまど》いつつも、褒《ほ》めてと顔に書いてあるのでとりあえず頭を撫《な》でる。

ルルナは魔物に襲《おそ》われ、そして反撃したあの一件以来、積極的に狩りに参加するようになった。

魔術は魔法と異なり誰でも使える可能性があるとされている。

とはいえ、ルルナの魔術は規格外だった。

「ジーグさん！　ちゃんとバラバラにしました！」

褒めてオーラを隠さないルルナの頭を撫でながら考える。

魔物でも獣でも、狩ったあと持ち運びやすいように解体したり、血を抜いたり毛を刈《か》ったり、様々な処理がある。

それらを器用に魔術だけで解消していくルルナの力量が普通ではないことはもはや疑いよう

がなくなっていた。

魔法使いが重宝されるのは、魔術しか使えない、あるいは魔術も使えない人間より戦闘能力が高いからだ。

各地に置かれた守護魔法使いは、いわばその地における独立遊軍になる。

地域によっては満足に兵を確保できない。外敵にさらされていなくとも、魔物との戦いは日常だ。

だからこそ、戦闘力に長《た》ける魔法使いが重宝され、守護魔法使いとして一定の地位を認められる。

そしてこの魔法使いたちの数が国力を決めるという側面もある。

魔術は生活には役に立つが、戦闘に役に立つ規模にはならない。

ルルナのようなレベルで魔術を使いこなす人間が多くなれば人々は魔法使いを頼らなくなるだろうと思えるほどの力だな。

「一体どこでこんな魔術を……？」

「あう……えっと……わかりません」

「そうか」

ルルナに聞いてもいつの間にか使えるようになっていたという回答しか得られない。

本人も何かを隠しているというよりは発言の通りのようで、申し訳なさそうに表情を歪ませてしまう。

「まあ考えても仕方ない」

むしろ考えようによってはいいこともある。

俺は王都に戻る必要があって、ルルナが一人で生活していくなら力はないよりあった方がいいだろう。

そういう意味ではそろそろ動いてもいい頃合いだな。

「ルルナ。そろそろ森を出よう」

「え？」

「一応俺は宮廷魔法使いで、いつまでも森で隠れて過ごしているわけにはいかない。領民の期待に応《こた》えられず任を解かれたことを報告しに、王都に向かう必要がある」

それでもこれだけの期間を森で過ごしたのは、ルルナと出会って、曲がりなりにも保護という形で動いたからだ。

ルルナが安全に暮らせる場所を見つけることが、自分の生活よりも優先される事態になった。

……いや、それは言い訳だな。

自分の気持ちを整理するために時間が必要だったんだろう。

そんなことを考えていた俺にルルナは……。

「嫌、です」

「嫌か……」

「ジーグさん、悪いことしてないのに……。ずっと、頑張ってたのに……」

「それは……」

あれ？

俺はルルナにその話をしたか？

森で出会って、食べ物と服と、寝床《ねどこ》の改善と……。

そんな行き当たりばったりを続ける中で、身の上話なんてしたことはなかったはずだ。

そういえば前にも「ずっと見てた」って言われたこともある。あのときは記憶が混濁《こんだく》しているかと思ったのだが……。

「一緒に、いたいです！」

ルルナがぐいっとこちらに距離を詰めてきて思考を戻される。

今は一旦ルルナとの会話に集中するか。

「ルルナ。俺はそれでも、王都に行く」

保護対象の子どもに言うのではなく、ルルナと同じ目線で、目を見つめて告げる。

ルルナは泣きそうになりながらこちらをじっと見つめてくる。

これは説得に骨が折れそうだと思ったが……。

「じゃあ、一緒に行きます」

「一緒にか……」

「勝手に、行きます」

「勝手には困るんだけど……」

ルルナの意志は固いようで曲げるつもりはないらしい。

まあ仕方ない。どのみち森は一緒に出る必要はあったわけだし、考えようによってはついてくる意志があることは悪いことじゃないからな。

「とりあえずじゃあ、一緒に行くか。王都に」

「はい！」

◇

「また魔物が出たぞ！」

「クルスのとこの畑が壊滅だそうだ」

「うちの地区は人間の被害は出てないけど、これじゃ時間の問題だぞ……」

ヘルティアの町のはずれ。

ジーグが住んでいた場所ほどではないが森にほど近い地域ではもう、魔物の被害が無視できないものになっていた。

「相手が魔物じゃ俺たちにはどうにもできないだろ」

　被害を受け自警団が集まる。

　町長であるロイブが衛兵《えいへい》を町に割《さ》かず自分の護衛《ごえい》に回しているせいで、自警団の人員は町にいる若い男たちだけ。

　特別な訓練をされたわけでも、適性があるわけでもない。ただ生活を守るため、仕方なく動いている状況だった。

「町長はなんて？」

「特に何も……。ほかにも被害が出てるから自分たちで何とかしろとしか……」

「代わりの魔法使いは来ねえのか？」

「またジーグみたいなのが来ても無駄に金を持ってかれるだけだ。それよりせめて武器くらいもらえないのか」

「それも……」

　自警団の人間たちは誰もが同じ方向を向いているとは言えない集団だ。

　家族のために仕方なくという人間がほとんどだが、中には戦いに積極的な者もいる。

「こんな農具で魔物とやりあえってのか⁉　くそっ……」

「戦いは最悪の手段だろ……。とにかくバリケードを強化しておこう」

「これ以上畑に被害が出りゃそれでも死人が出るからな。食っていけなくなっちまう」

悲壮な空気が漂う町はずれの集落だが、ヘルティアの町は現状どこも似たような状況に陥《おちい》っていた。

町長ロイブはここまで危機的な状況であることを理解していないが、理解していたとしても、対応が変わった可能性は低い。

毎日森に出入りして未然に魔物を刈り取っていたジーグの働きは実際のところ、絶大な効果を発揮《はっき》していたわけだ。

少なくとも新たな守護魔法使いが現れるまでは、自警団たちが休まる日はなさそうだった。

そんなところに……。

「ふぅん。庶民《しょみん》はこんなところに集まってるんだ」

「え？」

自警団が集まる小屋に突然入ってきた男に全員が振り返る。

身なりを見ればただ者ではないことは一目にわかるが、町はずれの集落にその人間の正体を知る者はいない。

身を包む装束《しょうぞく》の高価さと比較すると見た目が幼《おさな》く、自警団の面々に戸惑いが見える。

後を追ってやってきた兵士が何者かを説明した。

「何をしている。こちらはガルファ辺境伯のご子息、ビグ様にあられるぞ」

「――っ⁉」

すぐに集まっていた自警団たちが頭を下げる。

「し、失礼しました！　まさかそのようなお方がお越しになられるなどとは夢にも思わず……」

頭を下げる男たちを満足げに見下ろし、ビグが笑う。

身に着けているものは間違いなく一級品。

だが、本人の怠惰《たいだ》が引き起こした不健康な太り方が原因で、衣装負けしたまとまりのない小物感に溢《あふ》れていた。

自警団の面々はビグの姿を見た瞬間、とっさに目を合わせる。

瞬時にロイブと同じタイプの人間であることを直感し、それを共有したのだ。

「お忙しい中このような場所にお越しいただけるとは光栄の極《きわ》みです！」

「ふふん。そうだろう？」

得意げにほくそ笑むビグを見て自警団の面々は直観が正しかったことを確信する。

「わざわざこのような場所にお越しになるなんて、何かよほどのことが……？」

「別に大した用はないけど、知ってるだろう？　最近になって父さんはこの地の管理を僕に任せたんだ。それで使えない魔法使いを追放してあげたんだよ」

「え……？」

「あれ？　まさか何も知らなかったのか？」

「申し訳ありません！　このような辺境では情報が行き届かず……」

「はぁ……。なにそれ？　僕がちゃんと管理できてないって言いたいわけ？」

「滅相《めっそう》もございません！　我々が至《いた》らないばかりにご迷惑を……！」

頭を下げる自警団を見下ろしながらビグが言う。

辺境まで伝達が行き届いていないのは仕方ない部分があるが、管理不足か領民のせいかと問われれば間違いなく前者だろう。

この点にすでに、ビグの領主としての適性が透けて見えていた。

「まあいいけどさ。僕は寛大《かんだい》だから。それより何か困ってること、ない？　こんなド田舎《いなか》に来るのなんて何回もしたくないし、何かあればまとめて解消しようと思ってさ」

「ビグ様に直接申し上げてよろしいのですか⁉　そのような機会をいただけるなんて……！」

必要以上に感激した素振りを見せながら自警団の一人が頭を下げる。

その様子をニヤニヤと眺《なが》めるビグを見て自警団は喜びで叫びそうになるのをグッとこらえる。

一度は雲行きが怪《あや》しくなったものの、ロイブ町長と扱いが同じで良いという予想が功を奏した。

しかもここまで動きを見せない町長を飛び越えて、その上の権力者を味方につけられる機会を得たのだ。

「ありがたき幸せ！」

これで畑の様子を少しでも伝えられればと期待を込めてビグを見上げる。

だが町民たちは忘れている。先ほどの過《あやま》ちを、そして自分たちが気づいた事実の真意を。

「まあ、見た感じ何も問題はなかったし、流石僕の管理地域。こんな辺境で問題なんて起きてたら父さんに新しい領地をもらえないし、問題なんてないよね？」

「え……」

見下ろすビグの冷たい視線を前に、固まることしかできない自警団。

「あれ？　まさか何か問題があるなんて言わないよね？」

「ひっ……。い、いえ……」

睨《にら》みつけられた自警団の男は何も言えず押し黙る。

ロイブに似ていると直感したのなら、扱いやすさ以上に警戒《けいかい》すべき点があったはずだ。

この傲慢《ごうまん》かつ理不尽な点を、もっと重く受け止めておくべきだっただろう。

「よしよし。そう。僕が管理する領地に問題は何もない。君たちも安心して暮らしてね」

ニコニコと笑うビグを見上げることしかできなくなった自警団たち。

余計なことを言えば自分はおろか家族も、その周囲にまで影響が及ぶ可能性があるのだ。

何も言えなくなったことを責める人間はいなかった。

その様子を満足げに眺めたビグは、最後に付け足すようにこんな話をする。

「ああそうだ。新しい守護魔法使いは、父さんに頼んでちゃんと優秀なのを用意させたからさ。

ちゃんとその分働くんだよ？」

「新たな魔法使い……？」

驚いた顔を見られたことに満足したのか、再び上機嫌にビグが言う。

「そうそう。王都での評価も高くてね。前回は不良品だったたし、こっちも迷惑してたんだよ」

ビグは笑いながら自警団の一人の肩を叩《たた》く。

「ジーグだっけ？　まさか【無能】を送りつけられるなんてねえ。君たちも不幸だったよね。まあでも今回は違う。【磁力《マグネティクス》】。強力な魔法を使いこなす槍《やり》使いさ。戦闘能力は折り紙付き。まあそれ以外は知らないけど、魔法使いなんて皆ろくでもないから一緒だよね？」

言いたいことを言い切ったビグは答えを聞かずもう用はないと言わんばかりに背を向ける。

「そ、その……！」

「何か？」

自警団の若い男がビグに向けて尋《たず》ねる。

「その魔法使い様は今どちらに？」

「そういえばいつの間にかいなくなっちゃったね。町には一緒に来たんだけど」

すでに建物から出ていたビグの兵士が周囲を見渡しビグに耳打ちした。

釣られる形で自警団として集まっていた町民たちも周囲を見ると、すぐに町の異変に気がつく。

「おー。こんなド田舎じゃ大したのいねえと思ってたけど可愛《かわい》いのもいるじゃん。どうよ？　俺みたいな顔のいい男こんなとこにいないんじゃねえの？」

「あの……主人がいますし……」

「ああ？　クソが……中古品かよ。よく見りゃブスだなアンタ」

「……」

そのやり取りだけですぐに男の正体に気づく。

「はぁ……品がないなぁ。これだから魔法使いってだめなんだよ」

「ああ？　坊ちゃんは中古品も好みかぁ？」

辺境伯の息子という権力者相手にも物怖《ものお》じせずマイペースを貫《つらぬ》く男。

軽薄そうな言動と容姿がピタリとはまるような胡散臭《うさんくさ》い男がそこにいた。

小太りと言っていいビグと比べたら当然ながら、町の若者たちである自警団たちと比べても長身の男は、自警団の面々を見下ろしてこう言う。

「どいつもこいつも芋《いも》っぽい田舎もんだな……俺はこれからこんなやつらのために働くのかぁ？」

「なっ」

固まる自警団たちを前に、相変わらず軽薄そうな様子のまま男は続ける。

「ま、一応やってやるかぁ。感謝しろよー？　俺は王都でも上級の魔法使い様だからなぁ。俺がいりゃあ安心だろぉ？　だからよ、可愛い子がいたらちゃんと寄こせよ」

ガッと肩を組んで自警団の一人に絡《から》みに行く。

「はぁ……ディボルだっけ？　そもそもこんなところに来たがらなければ真《ま》っ直《す》ぐ町長のところに行ってすぐ帰れたのに、これ以上の寄り道は許さないから」

「おいおいいいのかよ？　一応視察って名目だったんじゃねえのか？」

「はあ？　視察なんていらないでしょ。僕の管理する領地に問題なんてない。まあ一応確認したけど、問題はなかったみたいだし」

念押しと言わんばかりに自警団を睨みつけるビグ。

この場で何か言える者は誰もおらず、冷や汗《あせ》をかいてうつむくことしかできない。

その様子に満足したビグは、護衛たちに囲まれ、馬車に誘導されていく。

ディボルと呼ばれた魔法使いも大人しく馬車に乗り込み、町民たちのもとを離れていった。

嵐のような出来事を前に、町民たちはただ立ち尽くすことしかできなかったのだった。

三章 最強の魔法使い

Sasensareta [MUNOU] Kyuuteimahoutsukai, Jitsuha Mahouga Nakutemo SAIKYOU

「さて、じゃあ行くか」

「はい！」

すっかり慣れ親しんだ洞窟《どうくつ》から必要なものをまとめ旅の準備を終える。

こんな場所《洞窟》も十数日も住むと愛着が湧《わ》くな。

ルルナが集めていた財宝を全《すべ》て持ち出すことは難しかったのですぐに使えたり換金できそうなものだけ持ち出して、ほとんどは洞窟の中に残してある。

ルルナにも優先的に持って行きたいものだけ詰めてくれと言ったんだが、荷物のほとんどはここで一緒に作った衣服だった。

町に出たらもう少しましなものがあると思うんだが、それでも一旦《いったん》ルルナは気に入ってくれたのは良かった。

「王都って、どんなところなんですか？」

準備を終え、いよいよ出発というタイミングでルルナが俺に聞いてくる。

「説明が難しいな……」

町とは作りが違いすぎる。

ルルナに説明するためになんとか記憶をたどりながら言葉を紡《つむ》ぐ。

「まず魔法使いの数が違って、魔法使いのための町みたいな空間がある」

「魔法使いがたくさん！」

ルルナは目をキラキラさせるが、この情報を聞いたら多くの人は全く逆の反応をするだろう。

魔法使いのための空間が用意されたというと聞こえがいいが、実際には隔離《かくり》されたといった方が実情に近い。

魔法使いは元来嫌われ者で厄介《やっかい》な存在だからな。

「魔法使いも多いし、そうじゃない人も多いから、色んな人やモノが集まってる場所だな」

「すごい。楽しみです！」

無邪気に言うルルナを見て笑う。

こっちの反応は多くの人と一致したものだろう。

王都には憧《あこが》れを抱きやすい。

ほとんどの人は移動手段がないから夢を見るだけで終わるしな。

こうして森の中に入れる人間は一握り。大抵《たいてい》の人間は魔物はおろか、ただの獣《けもの》でも出会えば死ぬし、何日もかけて道なき道を進むための体力や精神力、あるいは経済力を持つ者は限られているのだ。

移動するのは力がある冒険者や、護衛《ごえい》を雇《やと》える商人、貴族たちが普通。

辺境でなければまだ馬車を使って王都に出る人もいるが、少なくともヘルティアから王都に行く一般人は見たことがないレベルだ。

「まあ行ってみればわかる。しばらく旅になるけど、着いたら快適なはずだ」

「はい！」

ルルナくらい魔術の腕があれば食い扶持《ぶち》は確保できるはず。

何よりこの愛嬌《あいきょう》があればなんとでもなるか。

そんなことを考えて一歩踏み出そうとしたところだった。

「なんだぁ？　山奥のおっさん殺せってだけかと思ったらご褒美《ほうび》に女の子つけてくれたってか？」

ビクッと肩を震わせて俺の後ろにルルナが隠れる。

現れたのは槍《やり》を持った長身の男だった。

立ち振る舞いでわかる。

「新しい魔法使い、か」

「そゆこと。前任の役立たずくん」

槍を背負いながら、ニヤッと笑って男が言う。

「ディボルだ。お前を殺す男の名前だから覚えといたほうがいいぜ」

余裕の表情のままに槍を構える。

同時に男の周囲には金属の塊《かたまり》が二つ、揺らめくように浮かび上がる。

「あれは……」

ルルナが声を上げる。

「魔法だろうな」

槍というだけでリーチ差が出るというのに、浮かび上がる金属塊《かい》まで意識しないといけない。

魔法使いであることを考えれば、そちら《金属》がメインの可能性すらある。

射出されるだけならまだしも、形を変えられるなら余計に厄介だ。

「一応聞くけど、誰の差し金だ？」

いつ仕掛けられてもいいよう構えを取りつつ、確認したいことを聞き出す。

ディボルは素直にやり取りに応じてこう答えた。

「あ？　僻地《へきち》に呼ばれたと思ったら偉そうなおっさんに言われたんだよ。辺境伯だなんだと言ってたな」

「ガルファ辺境伯か」

「そんな名前だったかもなぁ？」

興味なさげにそう言って、ディボルは続ける。

「前任の雑魚《ざこ》を殺したら待遇アップってよ。ところで後ろの子、お前は手出してねえよな？」

「は……？」

突然矛先《ほこさき》が変わり、ルルナが俺の服をぎゅっと摑《つか》む。

「ああ？　なんか気に食わねえ態度だなぁ。まあいいわ。お前殺してから確かめりゃいいからよ」

姿勢を低くして槍を突き出しながらディボルが言う。

「ジーグさん……！　私も！」

「いや、ルルナは下がっててくれ」

ルルナの戦闘能力は常人《じょうじん》とは大きく差がある。

だが……。

「そうそう。お前は後でじっくり味わってやるからよ」

目の前の軽薄そうな男はあくまで魔法使いだ。

守護魔法使いは軍に所属せず独立した部隊となる。

そして守護魔法使いは、その土地に一名までしか置かれない。

それはつまり、魔法使いの戦闘能力が、個の力で町や都市を守り切れると評価されているということだ。

「行くぜぇえええ？」

ディボルが突進、そのまま槍を繰り出す。

周囲の金属塊にも気を配る必要はあるが……。

「わっ」

突き出された槍が生んだ衝撃波だけでも、ルルナが思わず叫ぶほどの威力《いりょく》。

直接触れていないというのに、槍の軌道上にあった木々が何本か吹き飛び、抉《えぐ》れていた。

「雑魚のくせに避《よ》けてんじゃねえよ」

ニヤッと笑うディボルが再び姿勢を低くする。

金属塊は先ほど構えた時と同じ。定位置が決まっているらしい。

「おらぁ！　次はどうだ⁉」

再び突きが繰り出される。

さっきと同じ構え、同じ姿勢で、真《ま》っ直《す》ぐ繰り出される槍。

衝撃波が槍の周囲を渦巻《うずま》くように発生し、そのまま衝撃波ごと真っ直ぐこちらに繰り出される。

「なるほど」

「ああ？　なんでてめぇ生きてんだよ」

威力は凄《すさ》まじいが、原理がわかれば避けるのは問題ない。

「【磁力】か」

「へぇ。それがわかったとこでどうなるよ?」

金属塊のように見えていたものは磁石《じしゃく》の役割を持ち、それらを正しく配置することで突きの威力を補助している。

でも確かにディボルの言う通り、わかったところでその威力を無効化できるわけではないんだよな。

こちらも動かないといけないと思ったところで、ディボルの背後から声が聞こえてきた。

「なんだ……。まだ生きておったのか」

「町長……」

現れたのはロイブ。

そのロイブが俺に向かってこう言う。

「森では運よく襲《おそ》われもせずに生き永《なが》らえたようだな」

憎々《にくにく》し気にこちらを睨《にら》みながら続ける。

「全く余計な手間を増やさせて……。魔物どもも気が利《き》かん。こんなところにちょうど良い獲《え》物《もの》がいるというのに町に出るなど……」

「町に?」

「ふん。お前には関係ない話だ。もうここで死ぬのだからな」

それだけ言うと早くやれというようにディボルを睨む。

その後ろから遅れてもう一人、男が現れる。

「おいおい。何をそんなに時間をかけてるんだ？　これじゃあ僕がまた無能を連れて来たと思われるじゃないか」

あれは……。

辺境伯家に挨拶《あいさつ》した時に見た覚えがある。

嫡男《ちゃくなん》のビグ・ガルファだったはずだ。

あの頃はまだ子どもだったが随分《ずいぶん》太ったというか……ガルファ辺境伯をそのまま全体的に小さくしたような体型になっていた。

「はぁ……。素人《しろうと》は黙って見とけっての。俺はまだ本気じゃねぇよ」

ビグの言葉を受けて、ディボルの構えが変わる。

同時に纏《まと》うオーラが一段階上がったように感じられるあたり、ディボルの発言は嘘《うそ》じゃないんだろう。

「ルルナ。危ないからもう少し下がっててくれ」

「はいっ！」

「おっ。流石《さすが》の雑魚でもこのヤバさはわかるかー？」

ニヤニヤしてディボルが声をかけてくるが……。

「そうだな。俺も少し、気合いを入れないといけない」

「は……？」

武器は持てなくとも、守護魔法使いである限り戦闘からは逃れられない。

色々試したが、徒手空拳《としゆくうけん》で戦う以外に一つだけ、俺にもやれる戦い方があった。

「行くぞ」

魔法使いになったその日から武器は持てなくなったが、武器ではないものならギリギリ使える。

この場合はそう、木の枝なら握れるのだ。

「はぁ？　てめえまさかそんなふざけた得物《えもの》で俺様の槍と戦おうってんじゃねえだろうな？」

相手は槍に加えて磁石を操《あやつ》る。

原理を考えれば周囲の金属塊も攻撃に加わってもおかしくないし、そうでなくても木々を丸ごと吹き飛ばす威力で槍を突けるのだ。

本来こんな枝一本でどうにかなるはずはないんだが……。

「俺も原理はわからないけど、これはこれで結構戦えるんだ」

木の枝を無造作《むぞうさ》に持ってディボルの前に立つ。

「やってみろや！」

ディボルの周囲を金属塊が周回する。

その動きと連動する形で、ディボルの身体《からだ》が宙を舞った。

これまでのような深く溜《た》めた一撃ではないが、上空に飛び立ったディボルが俺に向けて繰り出す槍の威力は、依然《いぜん》として地面を抉るほどの力がある。

だが、躱《かわ》せないほどではない。

「ちっ！　ちょこまか避《よ》けやがってよぉ」

いかに【磁力】で補助していても、長物《ながもの》である槍を戻すまでには一定の隙《すき》が生まれる。

剣で……いや木の枝で勝つならこの隙を利用するしかない。

「は⁉」

突如懐《とつじょふところ》に入り込んだ俺に驚きの声を上げるディボル。

――ガンッ

木の枝を脇腹《わきばら》に向けて横ざまに薙《な》ぎ払ったが、手ごたえが固い。

金属塊が盾《たて》の役割をして躱されたらしい。

だが勢いを殺すには至《いた》らず、上空にいたディボルはそのまま吹き飛んでいく。

空中で回転してから受け身を取ったディボルの俺を見る目は、明らかにこれまでとは異なっていた。

「おいおい……まじか……」

ディボルは立ち上がらず、膝《ひざ》をついたままこちらを見つめる。

その様子に耐え切れずロイブが叫んだ。

「何をしている！　魔法使い殿！　奴《やつ》に止《とど》めを！」

「ちっ……」

舌打《したう》ちをしながらディボルが構え直す。

だがこれまでの勢いはなく、真剣な表情で隙を窺《うかが》いに来るようになった。

「おい。これじゃあ本当に僕が役立たずを連れて来た馬鹿《ばか》みたいじゃないか！【無能】相手に苦戦するような雑魚なんていらないよ！」

ビグが叫ぶが、もはやビグの声はディボルには届いていない様子だった。

ディボルが構えたまま口を開く。

「聞いたことがある……。昔、宮廷にとんでもない魔法使い候補がいたってよ」

ビグとロイブが怪訝《けげん》そうな顔をするが、ディボルは気にせず続けた。

「今の一撃、殺そうと思ったら殺せただろ？」

「木の枝でそこまではできない」

剣を握れればともかくな。

それに、そもそも無闇《むやみ》に人を殺したいとは思わないのが普通だろう。

「ちっ……舐《な》められたもんだな」

舐めているわけではないが、ディボルの側は容赦《ようしゃ》する気がないようでこれまでとは目つきが変わる。

「ねえ。いつまで喋《しゃべ》ってるのさ。とっととそんな無能殺して、君が使える奴だって証明してよ」

「はぁ……。何も知らないガキのために説明してやるよ。目の前にいる魔法使いは確かに【無能】だが、それでも最強なんだよ」

「は……？」

ディボルの言葉を受けてビグが固まる。

「王都には魔法使い候補が集められて才能が開花するまでにあらゆる訓練を受ける。その訓練で、魔法を使える教官相手に、魔法なしでも勝っちまう化け物がこいつだよ。くそがっ……全然楽な仕事じゃねえじゃねえか」

ビグはしばらく固まっていたが、すぐに得意げな表情を取り戻してこう言う。

「いいや、あり得ないね」

笑みすら浮かべながらこう続ける。

「だってもしそいつがそんなに強いなら、それを追放した僕が馬鹿みたいじゃないか。僕が馬鹿だなんてあり得ないんだから、そんな話はでたらめだよ」

得意げに笑いながらビグが語る。

語っていく中でどんどん自信を取り戻していって、自分の発言の正しさを疑わなくなっていく様子がありありと見て取れた。

「だからさっさとそんな【無能】、なんとかしてもらわなきゃね。じゃないと君の居場所もなくなるんだから」

得意げにビグがそう語る。

実際のところ、次期辺境伯とはいえあくまでまだ子どものビグよりは、すでに宮廷魔法使いであるディボルの方が立場は上で、居場所の心配をするべきなのは自分の方なんだけどな。

「くそが。うるせえ上に身勝手な奴らだな……。あいつら魔法使いの適性あるんじゃねえのか？」

ディボルはそう言いながらも姿勢を低くしていつでも飛び込んでこれるように準備する。

とはいえディボルとしても迂闊《うかつ》に踏み込む気はなくなったようで、構えたまま睨み合いが続く。

実力的には宮廷魔法使いの中でも上位というのが窺えるだけのオーラがあった。

そのまましばらく緊張感に包まれていたのだが、我慢《がまん》できずロイブが叫びだす。

「魔法使い殿！　早くそいつを殺してください！」

叫んだだけならまだ良かった。

だがロイブはその勢いのまま身体を前に出してしまう。

ここは山の中で、到底鍛《とうていきた》えている様子のないロイブの一歩は、本人の意図を無視して思いがけない結果をもたらした。

「あっ……ああ！」

ロイブの情けない声が響いて、そのまま身体が倒れていく。

傾斜に乗って転がり出したロイブは、構えていたディボルのもとに飛び込んでいく。

「ちっ」

舌打ちしながら躱そうとしたディボルだったが……。

「おい。そのままで大丈夫なのか？」

「ああ？　あっ……」

ディボルの槍は【磁力】を利用した特殊なもので、構えも周囲の磁石と連動したものだった。

迂闊に体勢を崩《くず》せば制御《せいぎょ》できなくなる。

まずディボルの手に持っていた槍が反発によって弾《はじ》き出され、かと思えばその勢いを維持《いじ》したまま空中で回転を続ける。

ディボルの表情を見ればわかる。コントロールできる勢いを越えた回転は、そのまま周囲を巻き込んでいく。

「お、おい！　僕に攻撃するつもりか⁉」

「ひぃ……」

槍自体は空中にとどまったままだが、槍の風圧に弾き飛ばされた木の枝や小石だけでロイブとビグは倒れ込んで身動きが取れなくなる。

「ちっ」

ディボルもコントロールを失ったことに苛立《いらだ》って無理やり槍の回収に向かったが……。

「くそっ！　あんなもの僕が叩《たた》き落としてやる！」

ちょうどそのタイミングでビグが起き上がり、近くにあった石を投げ始めたのだ。

予想していない動きに気を取られた上、微妙に石のせいで槍の動きがぶれる。

その結果……。

「がっ⁉」

飛び込んでいったディボルは槍の柄《え》に頭を殴られる形になって落ちてくる。

なんというか……不運な奴だな。

「ジーグさん」

ルルナがどうしようという表情で近づいてきた。

仕方ない。終わらせるとしよう。

槍の暴走のおかげで木の枝が無数に散らばっている。

そのうちの一つを拾い上げて、そのまま上段に構えを取り……。

「はぁあああ！」

真っ直ぐに振り下ろす。

狙《ねら》いは暴走する槍だが、流石に魔法使いが使うような特製品。

本気で撃ち落とすつもりで振り下ろさなくては威力が足りず、結果……。

「ひぃっ！　お、おい！　お前⁉」

周囲に衝撃波が生じ、ビグの足元の草木が全て刈《か》り取られ腰を抜かす。

ロイブも似たような状態になっているが、こちらはもはや声を上げる余裕もなかったらしい。

「よし」

気にしても仕方ないので狙いだった槍がどうなったかだけを確認したが、うまいこと勢いを殺せたらしい。

ちょっと周りのものが吹き飛んだし、落ちてきた槍がビグの足元に刺さってまた固まらせることになったがそれはもういいだろう。

「おい！　こんなことをしてただで済むと思っているのか⁉」

どうやらさっきので漏《も》らしたらしいビグが、股間《こかん》を濡《ぬ》らしながら叫ぶ。

「覚悟しておけ！　このことはしっかり報告させてもらい、お前にはしかるべき罰《ばつ》を与えるからな……！」

情けなく股間を押さえながらも懸命にビグが叫んだが……。

「心配しなくても、俺から報告に行くつもりだ」

そのために王都に行くんだからな。

出来事は全部報告するつもりだし、今回のことも例外ではない。

ただ俺のその言葉に何故《なぜ》かビグは焦《あせ》ったようにわたわたしながらこう言った。

「ば、馬鹿を言うな！　お前はもう宮廷に立ち入る権利などないだろう!?　僕が正しく報告するんだ！　お前に口を挟《はさ》む権利はない！」

さらにロイブも同調して騒ぎ出す。

「そ、そうだ。お前はもうどこにも居場所などないのだ！　潔《いさぎよ》くここで死ねば良かったものを！　今生き延びたところでどこにも行く当てなどないんだぞ！」

「その判断は王都でしてもらうとするよ」

確かに辺境で職を失った俺に居場所があるかどうかはかなり厳しいものがあるだろうけど、それでも戻って報告するのが筋《すじ》だと考える。

ディボルはもう戦意がない様子で、ビグとロイブもそれ以上は何もしてこなくなった。

「行くか」

「はい！」

ルルナと共にその場を後にする。

この騒ぎようだと、王都に向かうにも辺境伯領は避けた方が良さそうだし、少し時間がかかることになるかもしれないな。

◇

森に残されたビグとロイブ、そしてディボルは一瞬顔を見合わせる。

「くそ……忌々《いまいま》しい奴め……！」

ロイブが憎々し気に叫ぶ。

「あれだけの力があるというのならしっかり報告しておけ！　どうしてくれるのだ⁉　あいつが私に虚偽《きょぎ》の報告を続けたせいで町は無茶苦茶だ！」

ロイブが自分の責任を棚に上げるどころか、思いついた言い訳をまるで真実であるかのように口に出す。

「まったく忌々しい」

ブツブツと文句を言い続けるロイブだが、いつもと違いここにいる面々は八つ当たりができない。

それどころか、逆にその標的になる状況だった。

「おい！　お前が役立たずを取り替えろというから用意してやったんだぞ！」

ビグが叫ぶ。

ビグもビグで、大した考えもなしに領主という餌《えさ》につられこの地に来た時点で同罪どころか、本来こういった場合の責任を取らされる立場なのだが、そんなことは微塵《みじん》も自覚していない。

「大体お前がちゃんとしてないのが悪いんだぞ！」

怒りの矛先はディボルにも向く。

だがディボルは……。

「ああ？」

「ぐっ……な、なんだその目は！」

ディボルの圧《あつ》に押されて、まだ立ち上がることのできないビグがより一層立ち上がるまでの時間を延ばす。

ディボルはそんなビグの相手をすることなくこう言う。

「俺はこの仕事、降りるぞ」

「はぁ⁉　ふざけるなよ！　そんな勝手が許されると思ってるのか！」

ビグが叫ぶ。

「そもそもてめえらの話がちげえんだ。この地には元々優秀な魔法使いがいて、その価値をわからず追い出してから慌《あわ》てふためいてますって話だろ？」

ディボルの言葉に二人は固まる。

言い返せないが、それでもそのことを認めるわけにはいかない。

結果的にできることは、子どもじみた言い訳を醜《みにく》く叫ぶだけだ。

「う、うるさいぞ！　僕は知らなかっただけだ！　責任は町で見ていたのにそのことに気づけなかったこの間抜《まぬ》けにあるんだろう⁉」

「なっ……で、ですが……」

「うるさいうるさい！　とにかく僕は悪くないんだ！」

「坊ちゃん。その言い訳が通用すると思うなら、すぐに帰って父親に言えばいいだろう？」

「うぐ……それは……でも！　お前こそいなくなってどうするつもりだ！」

「そ、そうだ！　お前は何としてもあいつを追いかけて殺す必要があろう！　まずいだろう！　あいつは今から王都に、自分が命を狙われたと報告に行くんだ。そこにディボルという魔法使いの名前は必ず出るぞ！」

苦し紛《まぎ》れにビグとロイブが叫ぶ。

だがディボルはそれすら予想の範疇《はんちゅう》だ。

「だからだよ。今のうちにお前らみてえな馬鹿から離れておかねえとやべえだろ」

あっさり言い切られて再び二人が固まる。

「ったく。ほんとに不幸だな……もうちょい運が良ければ出世しててもいいはずなんだけどよ」

ディボルが誰に言うでもなく愚痴《ぐち》をこぼす。

実際彼の運はとてつもなく悪いのだが、本人の調子に乗る性格も相《あい》まった結果なので何とも言えない。

ジーグとの戦闘においても、槍を失ってからのあらゆる行動が全て裏目に出ているあたりが彼らしさだった。

「ぐ……父さんが」

その場を離れようとするディボルに向けて、ビグがこう言う。

「父さんが全部なんとかしてくれる！　ガルファ領には何人も魔法使いがいるんだから！」

「おお！」

ロイブは希望を取り戻して目を輝かせる。

それを受けてビグは調子を取り戻したように立ち上がってこう言う。

「お前もただじゃ済まなくなるぞ！　ガルファ領にいる魔法使いたちのレベルは高いんだ！それに数も王都に次ぐほどの規模！　これがあいつを追って殺してくる！　お前も勝手は許さない！」

「それなら俺は必要ねえだろうが。勝手にそいつらで捕まえて殺しといてくれよ。俺はあいつを殺せる魔法使いなんざ思いつかねえ」

「だったらお前から殺させるぞ！」

「ああ？　かかって来いよ。あいつを殺せる魔法使いは知らねえし、俺を殺せる魔法使いも知らねえからよ」

ディボルのオーラが一変し、周囲に風が吹きすさぶほどの圧が二人に降り注ぐ。

「うぐ」

ディボルの放つプレッシャーに負けてビグが固まる。

「じゃあな。むしろおめえらはこの森から無事帰れるかの心配したほうがいいんじゃねえか？」

「は？」

「え？」

「ここは森の中だぞ。お前らみたいな雑魚が生き残れるかは運次第《しだい》だろうな」

次の瞬間にはディボルの姿はなく、二人はいきなり命がけの帰路を余儀《よぎ》なくされたのだった。

四章

仲間

Sasensareta [MUNOU] Kyuuteimahoutsukai, Jitsuha Mahouga Nakutemo SAIKYOU

すっかり慣れた洞窟《どうくつ》生活。

日も暮れ、ルルナはぐっすり眠っている。

俺も割と熟睡していたが、異質な気配を感じ取り目を覚ました。

ルルナを守る立ち位置に入って、気配の主に声をかける。

「なんだ⁉」

「へぇ。カンのいい奴《やつ》ね」

殺気と呼ぶには生《なま》ぬるい気配。気づいたときにはすぐ傍《そば》に一人の少女がいた。

勝ち気な表情と過激な衣装。

そして、背中に背負うように浮かぶ巨大な剣が目立つ。

「新手《あらて》の殺し屋か？」

魔法使いは基本的に男しかいないはず。

目の前の少女は男には見えないが、中途半端に漏《も》れ出る殺気からは前回のディボルと同じ気配がある。

だが少女は……。

「はぁ？　ああ、これが気になるの？　しまっといてあげる」

「え？」

少女の身体《からだ》より大きな剣が空中に現れた黒い渦《うず》に吸い込まれて消える。

「殺しなんてしないわよ。むしろ逆。気持ちいいことしましょ」

グイッと近づいてきた少女が俺に密着してきて言う。

「な、何を……」

ほとんど裸《はだか》と言っていい露出《ろしゅつ》度の服なのだ。

正面から密着されると、ダイレクトにその感触が伝わってくる。視線を落とせば控《ひか》えめながらもむにっと俺の身体に合わせて形を変える胸が見えて――。

「――っ！」

耐え切れず距離を取る。

「むっ……なんで逃げるのよ」

わかりやすく頬《ほお》を膨《ふく》らませて不満を露《あらわ》にする。

「待て。目的はなんだ？　というかそもそも、お前は一体なんなんだ？」

「はぁ……めんどくさいわね。目的は言ったでしょ？　で、私に何かって言ったらそうね――

フィリムって呼んでいいわよ」

「フィリム……」

いや、名前だけわかったところで何も解決はしていないんだが……。

「いいじゃない。こんな可愛《かわい》い女の子とエッチできるんだから大人しく受け入れたら！」

そう言ってグッと近づいて来る。

同時に魔力の気配が走って、ようやくここで少女の正体に目星がついた。

「魅魔《みま》か！」

「ふぅん。知ってるんだ？」

そう言うと少女のオーラが、そして姿が微妙に変化する。

耳が尖《とが》り、尾が生《は》え、現れた羽で羽ばたく。

「そう。こんな美味《おい》しそうな人間、逃がしたくないじゃない」

ただ立っているだけなのに、そのオーラだけで常人《じょうじん》を圧倒するだけの何かを秘めている。

——魅魔族

人間の精気を糧《かて》とする種族であり、俺たち魔法使いの天敵だ。

「魔法使いの俺が知らないはずないだろ⁉」

「へえ。そういうもんなんだ」

魅魔族側には伝わっていなかったのか、フィリムと名乗ったこの少女が知らなかっただけかわからない。

だが、俺たち宮廷魔法使いたちは少なくとも、この言葉を嫌というほど聞いてきたのだ。

魅魔族に気をつけろ、と。

魅魔族が魔法使いの天敵である理由は明確だ。

「俺たちは魅魔族に襲《おそ》われたら力を失う」

「あはは。まあ心配しないでも力だけじゃなく命ごと満足し切って失うのも多いらしいわよ？」

妖艶《ようえん》に微笑《ほほえ》む姿は確かにそういう相手が生まれても不思議ではないと思わせるものがある。

「というかあんたは別に、力失ったっていいんじゃないの？」

「それは……」

「【無能】くんなんでしょー？　でもさ、あんたの精気はめちゃくちゃ美味しそうなんだよね」

舌《した》なめずりしながらフィリムが言う。

「元々魔法使い狙《ねら》いで出ては来たけど、こーんな美味しそうなのに当たるなんてラッキーよね。やっぱ初めては上物《じょうもの》をもらいたいじゃない」

「初めて……？」

勝手に経験豊富かと思っていたが……。

「うるさいわね！　いいでしょどうでも！　とにかくアンタからは、すっごく溜《た》め込んだ濃い精気を感じるの。全員童貞の魔法使いの中でも、とびきり」

フィリムの目に魔力が宿る。

魅魔族は人間から精気を回収するためにいくつかの特性を持っている。

元々優《すぐ》れた容姿に加え、相手の好みに合わせる変身能力。

そして……。

「私の【魅了】、耐えられる？」

強制的に相手を誘惑する力。

なんだけど……俺は元々魔法に対する耐性が高い。

それに加えて、というよりそれ以上に、目の前の魅魔、フィリムはおそらく、【魅了】の能力がこう……端的《たんてき》に言うと弱かった。

「なんでぇ⁉」

戸惑《とまど》うフィリムが叫ぶ。

「どうして私の【魅了】が効《き》かないのよ⁉　というより、【魅了】なんてなくてもその気になるもんじゃないの⁉　童貞が抗《あらが》えるような身体じゃないじゃない⁉」

自分の身体を手でなぞりながら、自信満々に告げるフィリム。

確かに出るところは出てるものの、子どもっぽい表情と仕草《しぐさ》がそれを相殺《そうさい》している。

それにまあ、最近は良くも悪くもルルナという上位互換がいたせいでちょっと感覚が麻痺《まひ》しつつあった。

まあそもそも、その能力に長《た》けているならこれまで経験がない方が不思議だから、フィリムはそのあたりの能力が高いわけではないんだろう。

「ぐぬぬ……。いいわ。なら力ずくでもらうだけだから」

そう言いながら剣を取り出す。

巨大な剣を軽々扱う姿は様《さま》になるな。

おそらく魔力で浮かび上がらせているのだろう。

とはいえやっぱり、色々未熟だ。

「――っ⁉　えっ」

構えた相手に真《ま》っ直《す》ぐ突進する形で接近。

そのまま身をひるがえし、剣を横から押し出すように吹き飛ばす。

「なんで」

一瞬にして武器を失い、うろたえるフィリムにそのまま追い打ちをかける。

「ひっ……」

拳《こぶし》を寸止めで繰り出すと、涙目で固まってしまった。

「うぅ……」

そのままの状態でこちらを睨《にら》むような、祈るような複雑な表情で見上げてくる。

まあ場合によっては殺されるシチュエーションだもんな。

「別に殺すほどではないからこのままどこかに行ってくれていいぞ」

「ふぇ？」

きょとんとした表情で俺を見上げるフィリム。

「殺さない……？」

「ああ」

「そう」

そう言って立ち上がると……。

「馬鹿《ばか》ね！　ここで見逃したこと、後悔させてあげるわ！」

距離を取ってすぐ調子を取り戻すフィリム。

「文字通り寝込みを襲えば人間なんてイチコロでしょ」

そう言いながらさらにじりじり距離を取りつつ表情を戻していくフィリム。

何かもう、一周回ってわかりやすくて面白《おもしろ》い子だった。

「今日まさに寝込みを襲って反撃されたんだろ？」

「うぐ……」

ばつが悪そうな表情で目を逸《そ》らすフィリム。

付け加えると。

「あと俺は寝てても襲われたら迎撃《げいげき》するし、その時は加減も寸止めもできないぞ？」

「へ？」

フィリムが固まる。

「そ、そんな言葉に騙《だま》されないわよ！」

「なら、試すか？　今日みたいに目を覚ましたらいいとして、そうじゃなかったら命の保証はできない」

「う……ぐ……」

ここまで言っておけば大丈夫だろうと思っていると、フィリムは思わぬ行動に出る。

「いいわ！　わかったわ！　アンタについていく」

「は？」

「アンタと一緒にいて、アンタが私の魅力に気づいて我慢《がまん》できなくなれば全《すべ》て解決するじゃない！」

「それは……」

「そうするわ！　それにこれなら、隙《すき》を見せたらいつでも襲える。どう？　天才的じゃないかしら？」

自信満々な表情で胸を張るフィリム。

どうやって追い返そうかと悩んでいたところに、ルルナが起きてやってくる。

「ジーグさん、おはようございます」

眠そうに目をこすりながらやってきたルルナは、俺とフィリムを交互に見比べる。

しばらく視線を交互にさまよわせ続けた結果……。

「あう……えっと……こんにちは？」

自分でもよくわからなくなった様子でとりあえずフィリムに挨拶《あいさつ》をしていた。

「え？　いや……まだおはようでいいんじゃない……かしら？」

間《ま》の抜けたルルナの挨拶にフィリムも戸惑って間の抜けた返事をする。

「あ。じゃあおはようございます」

「ええ。おはよう」

ここまでで完全にルルナが会話のペースを握った、というより、ルルナのスローペースに巻き込まれてフィリムは戸惑うばかりになっていた。

そんな中で、ルルナが一言一言を嚙《か》みしめるようにこう言う。

「フィリム、さん。魅魔……一緒に行くんですよね？」

「え……」

突然テンポを狂わされた形になってフィリムが固まる。

ルルナが魅魔を知っているとは思っていなかったが、今の羽の生えた姿を見れば知ってる人ならわかるか。

「一緒……一緒……」

ぶつぶつつぶやくルルナと、固まるフィリム。

しばらくしてパッと顔を上げたルルナがこう叫んだ。

「ジーグさん、仲間です！」

「仲間……」

「はい！」

嬉《うれ》しそうにはしゃぐルルナの笑顔がまぶしい。

一応命を狙われたんだけど、まあルルナが喜んでくれるならもういいか。

「なんか調子狂うわね」

フィリムも似たような感情を抱いたようで、ひとまず俺たちは行動を共にする仲間ということになったのだった。

◇

「はあ……アンタたち本気でこんな考えなしに行動してたわけ？」

「えっと……」

ルルナの仲間宣言を受けてすぐ。

どんな形であれ一緒に行動することになったわけだ。

行動指針を伝えるために、ひとまずこれまでの経緯《いきさつ》と、これからの予定――王都に行って職を辞した報告をするという話をフィリムに伝えた反応がこれだ。

「そもそもアンタ。この子のことどうするつもりなのよ」

「それは……ルルナには魔術の才能がある。王都なら仕事もあるはずだし、どこか預かってくれる場所が――」

「ないわよ」

バッサリ言い切られる。

「まあこっちは後でいいわ。そもそもその子自身が納得してないみたいだし」

ルルナはそうだという意志をありありと伝えてくる。

まあ、そうなんだけど……。

「で、王都で報告って言ってたわね。よくわかってない私ですらアンタが門前払い食らうイメージが目に浮かぶわよ」

「え……」

「だってアンタ。そもそも左遷《させん》されたんでしょ？　無能だって。そんなのが辺境でも役に立たなかったってノコノコ戻って来たらどう思うわけ？」

「それは……」

「はぁ……。だからアンタ、童貞なのよ」

「ぐ……」

残念ながらぐうの音《ね》も出ない。

宮廷で育った魔法使い候補たちなら常識だが、童貞であることは魔法使いの絶対条件だ。

魅魔族はこの常識が浸透しているらしい。

「ほんと、これだから魔法使いって……」

フィリムに呆《あき》れられるが、これは人間相手でもよく見る光景ではあった。

ヒューケルン王国では魔法に開花する前から優れた魔法使いになるであろう人間を集め、魔法使い候補として宮廷で育てている。

早い段階で宮廷に拾われたならともかく、力に目覚める前後で説明を受けた者たちはほとんどが何かしら理由があって童貞だったわけだ。

早ければ十五で結婚しているこの大陸で二十五まで童貞というのは何かしら問題を抱えていることが多い。

結果的に多くの人に、魔法使いは厄介者《やっかいもの》扱いをされている。

ちなみに童貞であることが魔法使いの条件であるという話は秘匿《ひとく》されているんだが、まあ知れ渡ったら色仕掛けで迫られて力を失う魔法使いが続出するだろうな。

実際、その情報を握っている魅魔族が天敵になっているわけだし。

一人でグルグルそんなことを考えていると、フィリムも考えを整理したようでこう切り出した。

「まあ目的はわかったけど、とにかく行動方針は変更しましょう。情報が足りなすぎるわ」

「変更って言っても、どうする？」

「まずだけど、この子が普通じゃないことは気づいてるわよね？」

ルルナを指して言う。

「すごい魔力量だし、とんでもない魔術を使うけど……」

「違うわよ。この子、魔物よ」

「え？」

突然意味のわからない情報が飛び出す。

「いやいや。魔物って……」

信じられずフィリムを見るが、至《いた》って真面目《まじめ》な表情で見つめ返してくるだけだ。

ルルナの反応を見る。

「あう……」

ルルナは否定しないというより、なにかいたずらがバレたような表情を浮かべている。

嘘《うそ》ではないということか？

いやでも……。

「人型の魔物なんて聞いたことないぞ」

「化けてるのよ。元はスライム。じゃなきゃ不自然な点がいくつもあったでしょ」

「不自然な点……」

会ったときから感じている常識や記憶の欠落。

語彙《ごい》のたどたどしさ。

そして何より、魔物に襲われても無事だったあの耐久力。

「思い当たる節《ふし》はたくさんあるって顔してるわね」

フィリムに言われる。

「それはそうだけど……」

信じられないというのが本当のところだ。

いや、信じていないというよりも、頭がついていっていないのだ。

「聞いたことあるでしょ？　ドラゴンなんかは人に化けるって」

「それは聞いたことがあるな」

むしろドラゴンまでいくとエルフやヴァンパイアといった伝説上の存在と並ぶからより現実味がなさ過ぎて、逆に受け入れられるところがある。

「あう……」

ルルナが申し訳なさそうに声を上げる。

「ああごめん。別にルルナに何か思うところがあるわけじゃないから」

むしろ逆だ。

本当にスライムが人の形をとっているとするならそれはとんでもないことで、むしろ誇らしさすらある。

俺が誇ってどうするんだという話もあるけど。

「まあ言われただけじゃ信じられないっていうなら、見せてあげればいいわね」

言うが早いか、フィリムがおもむろにルルナに近づくと……。

「えい」

「ふぇっ⁉」

突然胸を揉《も》みしだく。

「むっ……大きいわね。生意気な……」

「んっ！　フィリム……さん⁉　何を……⁉」

「ふふ。どう？　私のテクに溺《おぼ》れて正体を現しなさい」

得意げなフィリムがルルナに絡《から》みついて服の中に手を入れ始める。

「あっ……ちょっと……ダメです」

早々に目は逸らしたんだが、耳に入る刺激だけでもちょっと居たたまれないところがある。

「てかほんとに大きいわね。誰を参考にしたのよ。それとも最初からポテンシャルがあったってことなのかしら」

「んっ……あっ……はぁ……はぁ……」

ぶつぶつとつぶやきながらも手を止めていないであろうことはルルナの反応でわかる。

そしてそのまましばらく続くと……。

「んっ！　もう……無理ですうぅうう」

ボフッという不思議な音が鳴る。

「なんだ⁉」

思わず背《そむ》けていた目を戻すと、目の前にいたはずのルルナが消えていた。

「え……？」

「ふふん。耐え切れなかったみたいね」

フィリムがそう言いながら目線を下げる。

その目線を追いかけると……。

「うぅ……見ないでください……」

一匹のスライムがいた。

絶対さっきまでのほうが恥《は》ずかしい状態になっていたのに、今だ一番恥でたしだっているのがわかる。

「ね。わかったでしょ」

「ま、まあ……」

こうなると信じざるを得ないな。

いや、目の前でこうなってしまったせいで余計に信じられないような不思議な感覚すらあるんだが……。

いやこの場合元の姿はスライムなのか？　ややこしいな……。

「うぅ……」

唸《うな》るようにルルナが声を上げたかと思うと、再びボフッという音を立てて元の姿に戻る。

「復活は早いのね」

ルルナに服をかけてあげながらフィリムが言う。

このあたりはなんだかんだで面倒見《めんどうみ》がいいんだろうな。俺たちの方針に口を出したのもそういう性格が関係しているんだろう。

まあ今回はフィリムのせいなんだけど。

「もう見られないようにって思ってたのに」

「ごめんってば。でもこれで色々わかってもらえるしいいでしょ」

ルルナをフィリムが慰《なぐさ》める。

そのままルルナを撫《な》でながら、フィリムは俺に向けてこう言った。

「アンタ、見覚えあったでしょ。あのスライム」

そう。

間違いなく見覚えはあった。

「ずっと見てたって、そういうことか」

「あう……」

ルルナが話す内容にはずっと違和感があった。

今考えればその違和感は、出会う前の話をしていたからだろう。

「ずっと前からもう、ルルナと出会ってたわけか」

「はい」

「そうね。これから話す内容とも関《かか》わるけど、この子が妙に懐《なつ》いてるのはそのせいね」

「なるほど……」

会ったときから無警戒《むけいかい》に接してくると思っていたが、そういうことならまあわからないでもないか。

戦っているとき傍にいたのは見えていたし、害はないから見逃していた。というより、むしろ守るような立ち回りになることもしばしばあったからな。

まさか人型になってこうして一緒に動くことになるなんて思ってもなかったけど。

「ま、別にいいでしょ。アンタを殺しに来るような魅魔《私》ですら仲間にしちゃうんだし、今さらスライム一人でピーピー言わないでしょ？」

「それはまあ」

「と、いうことだから、アンタも気にしないでいいんじゃないかしら」

「あう」

ルルナがたじたじになっていた。

その勢いのままに、フィリムは続ける。

「それからアンタ、別に無能じゃないわ」

「は……？」

思いがけない言葉だった。

ある意味ルルナのことを聞いたときより驚きが強いかもしれない。

「この子のこともそうだし、一緒にいてわかる。アンタの力、【強化】って言ったわよね？」

「ああ」

名前しか判明していない使えない能力。

そのはずだったが……。

「間違いなく発動してるわよ。というより、この子がスライムなんて最弱種だったのに人化できるほどの力を手にしたの、アンタの魔法のおかげよ」

「え？」

「ずっと傍でアンタを見てたから、スライムだったのに【強化】されて人化できるほどになった。ま、それだけじゃなくこの子の才能的な部分もかなりあるけど」

なぜかフィリムがドヤ顔で言う。

ルルナはいつも通り「あう……」とつぶやいて顔を逸らしていた。

「周囲の力を引き上げる魔法。名前の通りなのになんで今まで気づかなかったのよ」

ついていけない俺を尻目《しりめ》に、フィリムはガンガン続ける。

「一人じゃ使えない能力。協調性のない魔法使い同士なら確かに、【無能】でしょうけど」

「いや待て。だとしたら今までなんで発動してなかったんだ？　ルルナが初めてってのはおかしいんじゃ……」

「仲間判定した相手にしか発動しないんでしょ。じゃなきゃアンタ、敵味方関係なく強くするわけ？」

そう言われるとまあ、そうなのか……？

こうして考えるとこれまで、仲間とか味方だと明確に思えたのは森で出会ったスライムだけだったってわけか。

【強化】の性質を思えば、初めてがルルナだったのは良かったかもしれないけど……。

考え込む俺にフィリムは呆れながらこう言う。

「自分の魔法もよくわからないまま動いてるのがまずいのよ」

ぐうの音も出ない正論だった。

「こんなんで王都に行ってもどうしようもないでしょ。その子が今後どうすべきかもわからないでしょうし」

「確かに」

ルルナがスライムだというなら色々と話が変わる。

俺も【強化】が魔法として使えるものだとしたら、やりようも増えるわけだ。

「一旦《いったん》フィリムに任せるか」

「潔《いさぎよ》いわね……」

フィリムにまた呆れられる。

正直、頭がついていかないしまあ、これでいいだろう。

ルルナもルルナでこんな反応だった。

「すごい！　フィリムさん。たくさん知ってる！」

無邪気に目をキラキラさせながらフィリムを見つめる。

「ふふん。そうよ？　私はすごいんだから」

わかりやすく調子に乗るフィリムと、純粋な目でそれを見つめるルルナ。

「……」

「……」

無言でキラキラとした目を向け続けるルルナと、徐々《じょじょ》に顔を赤らめていくフィリム。

「うう……なんかやりづらいわね……」

しばらくは調子に乗っていたフィリムだったが、ルルナの純粋な目に負けたように照《て》れ始めた。

気を取り直す形でこう切り出す。

「うう……とにかくっ！　アンタたち色々知らないことがありすぎるわ。私程度が知ってることくらい知っておいてもらいたかったんだけど」

ジト目で俺を見る。

「面目《めんぼく》ない」

「王都で育ったのに何でそんな何も知らないわけ？」

フィリムは責めるというより純粋に疑問に思ってそう尋《たず》ねてくる。

責められるよりある意味つらいものがある。

「まあ何となくわかるからいいんだけど。どうせコミュニケーションがろくに取れないせいよね。ほんと童貞はこれだから……」

「くっ」

「ほうぁ。捨てちゃいなよそんなの。私がいつでも捨てさせてあげるのに」

隙あらばグイッと近づいてきて胸元をちらつかせてくる。

ルルナと違って谷間ができるわけではないせいで逆に形がわかるというか……。

とにかく見ないようにしながら肩を押して距離を取る。

「【無能】じゃないってわかったなら余計捨てるわけにいかなくなっただろ」

なんとかそれだけ絞《しぼ》り出すと、納得したのか渋々《しぶしぶ》フィリムは引き下がった。

「まあそうね。近くにいたら私にも恩恵がありそうだし」

「仲間です！」

ルルナが嬉しそうに言う。

まあそういう認定をしていないと発動しないというのが今のところの仮説だからな。

一応ルルナとフィリムにしか効《き》いてないあたり、もしかすると人間に効かないだけかもと思ったが、戦っていた魔物たちに発動していなかったことを考えるとフィリムの仮説が正しそうだ。

「とりあえず能力のことも、この子のことも、色々相談したい相手がいるわ」

「そんな相手がいるのか？」

ここまでの話でフィリムの、そして魅魔族の情報力が高いことがわかっている。

頼れる相手がいるのは大きいかもしれない。

「向かう先は王都と逆になるけど、南のムジアね」

「ムジア伯爵の領地……？」

「知ってるのね」

「地名を知ってるだけだ。あそこは大図書館もあるからな」

　ムジア伯爵領。

　王国の南に位置する比較的広い領地には、王都からでも人が出向く理由がある。

　それが大図書館。

　大陸を代表すると言っても良いレベルの蔵書数を誇る図書館があったはずだ。

「そうね。そこに知り合いがいる」

「大図書館に？　じゃあ人間なのか」

　あれは伯爵領にありながら王都の管轄《かんかつ》下にある一大施設だ。

　フィリムの知り合いと聞いて魅魔だと思っていたが、流石《さすが》に大図書館に魅魔は入り込めないだろう。

　そう思っていたが。

「ヴァンパイアみたいだけど、悪い魅魔じゃないから」

「待った。色々おかしい」

「何が？」

「ミでなんでいきなりヴァンパイアが出てきた」

上位存在と言っていいほど一個体でとてつもない影響をもたらすのがヴァンパイアだ。

もし町に悪意あるヴァンパイアが現れたら並の守護魔法使いで守り切れる相手ではない。

「心配しないでも本物のヴァンパイアじゃないわよ。魅魔だから」

「いや、魅魔が大図書館にいるのもなかなか問題だろ」

「アンタが思ってるより、魅魔は溶け込んでるわよ」

わかりやすくフィリムが人間に変身する。

元々魅魔は人間と大きく変わらない亜人《あじん》だが、こうも見事に変身できるとなると確かに、溶け込んでいても不思議ではないか。

人を襲わない限りは問題はないし、襲うにしても意味合いが殺しやダメージを与えるものではないからな。

魔法使い相手でなければ。

「俺が知らないだけ……か」

「ま、逆に言うとこうして化けてないとこっちが危ないってわけ。そういう意味ではあんまり溶け込んでないけど……ややこしいわね」

喋《しゃべ》りながら自分の言葉に煩《わずら》わしそうな顔をしだすフィリム。

そんな様子を横目に見ていたルルナが大図書館に反応してこんなことを言う。

「大図書館……たくさん勉強できますね！」

楽しそうに笑う。

無邪気で貪欲《どんよく》だ。

「学びに貪欲なのはいいことね」

フィリムが笑って、立ち上がる。

「じゃあ大図書館に向けて移動か」

「すんなり従うじゃない」

「一応こっちの思惑《おもわく》もある」

フィリムの話が気になったというのももちろんある。

だがもう一つ、実はずっと気になっていることもあった。

「王都で門前払いならいいんだけどな。王都の様子がおかしいって話はちょこちょこ聞いてた。大図書館もあって王都の情報が入る町に立ち寄れるならちょうどいいと思うんだ」

「ふぅん。少しは考えてたわけね」

フィリムが興味なさげに言う。

「一応な」

「いいじゃない」

「図書館！　図書館！」

無邪気にはしゃぐルルナと共に、俺たちはムジア伯爵領を目指すことになったのだった。

宮廷に備えられた会議室には、ヒューケルン王国を代表する重鎮《じゅうちん》たちが集まっていた。

国王こそいないものの、外務、内務、財務、軍務……それぞれの長である大臣に、それらを補佐する者たち。

◇

国を支え司《つかさど》る人物たちが一堂に会する中、呼び出されたガルファ辺境伯は緊張した面持《おもも》ちで言葉を待っていた。

「ふぅむ……ガルファ卿《きょう》」

「はっ」

「我々は君のことを頼りにして、信頼している」

改まってそんなことを言うとき、続く言葉が自分にとってよくないものだということくらいガルファは自覚している。

冷や汗《あせ》が流れるのを感じながら次の言葉を待つ。

「君のところに預けたかの魔法使いは確かに【無能】。だが、間違いなく戦闘能力だけで言えば王国最高峰のレベルを持っていた」

「な……そんな御冗談を。あやつは【無能】ゆえに左遷された身では……？」

苦笑いをしながら答えるガルファは、ジーグが任されていた領地の領主だ。

国に四人しかいない辺境伯の爵位を賜《たまわ》る大貴族。

彼が王都に出向いた理由は端的《たんてき》に言えば息子のためだった。

嫡男《ちゃくなん》ビグ・ガルファの教育を兼《か》ね、辺境の町を預ける際に息子から申し入れがあり、それに応《こた》えるために軽い気持ちでやってきたのだ。

広大な領地を預かるガルファは、これまで何人もの魔法使いを見てきた。

地域ごとに守護魔法使いを置き、領地内の魔法使いの数はすぐには思い出せない程度にはいる。

それだけ取るに足らない存在である魔法使いを一人入れ替える程度なら、造作《ぞうさ》もないことだと考えていたのだ。

だが……。

「ここで冗談を告げると思うか？」

重々しい口調で会議室に集まった男の一人が告げる。

「中央に置くには力が強すぎた。だから奴を知る者がいない辺境地に預けたというわけだ。気づく人間ならば気づくとは思いつつも、な」

「ぐ……。ですが、報告によれば――」

「報告報告と、君は先ほどから彼を自分の眼《め》で見ていないようだが、本当に確認してきたのかね？　彼が使い物にならないほどの有事であれば、我々は宮廷魔法使いたちを総動員してでも君の領地の危機を救いに行かなくてはならない。事態はそれほど逼迫《ひっぱく》しているかね？」

「な……」

固まるガルファ。

ここに来てようやく、ジーグという魔法使いが特別な存在だったことを知ったという表情だ。

「あの男はそれほどの価値があったのだ。とはいえ希望があるとすれば取り替えることは問題ない。すでに君と入れ違いに領地には新たな魔法使いを送ったことだしな。ジーグについてはあれほどの戦闘力なのだ。こちらで何とでも使いようはある」

すでにディボルは領地に到着しているようなタイミングだ。

本来であればガルファはただ中央の面々に自《みずか》らの不遇を嘆《なげ》き、何かしらの優遇措置《そち》を引き出すつもりだった。

その目論見《もくろみ》はすでに、完全に崩《くず》れ去っていた。

そんなガルファの絶望をよそに、上層部の貴族たちは各々《おのおの》意見を述べていく。

「むしろ連れて来ればよかったのだ。次にこちらに来るのはいつになるかね？」

「いや。またあの男をめぐって争いが起きても仕方ない。次は北にでも預けて何とか対処せねば」

「確かに。王都にあんな者がいたら何が起こるかわからない」

口々に出てくる信じられない言葉にガルファは固まる。

ジーグの戦闘能力がずば抜けているために起きる問題は数多くある。

平和が保たれているヒューケルン王国において、宮廷魔法使いたちは単体で軍の機能を果たす防衛力の要《かなめ》になってはいる。

だが行き過ぎた力はそれを求めて争いが生まれるのだ。

直接の諍《いさか》いは、起こすだけで不祥事《ふしょうじ》となってしまう中、権力争いにおいて何が最も重要になるかと言えば、それはその勢力が持つ影響力——権限であったり、人数であったり、そして戦闘能力になる。

直接の戦闘は起こらないし起こせない。

だがその状況にこそ、圧倒的な武というのは意味を持つ。

実際に戦ってみないとわからない強さには意味がないが、すでに話題になるほど強大な力を有していればそれだけで交渉《こうしょう》のカードとして大きな意味を持つのだ。

「そこまでの……」

冷や汗がだらだらと流れ出るガルファは言葉が紡《つむ》げなくなるが、あくまで優しく周囲は言う。

「この話を告げた以上、お主のもとに置き続けることはないから安心すると良い」

「その通り。だがなるべく早く連れてきてもらわんとな」

「は……はい……。もちろん」

ガルファはまともに答えることができず、適当に取り繕《つくろ》ってその場を後にする。

「まさか……こんな事態になるとは……」

一人、宮廷を歩きながらぼそぼそとガルファがつぶやく。

「すぐにでもあやつを見つけなければならん……」

奇《く》しくもこのタイミングで、場所の離れた父子の思惑は一致した。

もっとも見つけたあとの思惑については息子とガルファ卿の間に大きな隔《へだ》たりがあるが。

すでに破滅へのカウントダウンは始まっているが、ガルファはまだそのことを把握《はあく》できていない様子だった。

五章　ジーグの魔法

Sasensareta [MUNOU] Kyuuteimahoutsukai, Jitsuha Mahouga Nakutemo SAIKYOU

「南に行くなら真《ま》っ直《す》ぐ森を抜ければいいな」

「行きましょー！」

「ちょっと待ちなさい」

意気揚々《ようよう》と進もうとした俺たちをフィリムが止める。

きょとんとした表情で振り返るルルナに毒気を抜かれながらも、フィリムが突っ込む。

「アンタたちまさか、ずっと獣道《けものみち》を進むつもりなわけ？」

「はい！」

元気にルルナが答える。

それに対してため息をつきながらフィリムが言う。

「はぁ……。物資が何も足りないでしょ。ずっと現地調達で進むわけ？」

「そうだけど」

「え」

正気を疑うという表情でこちらを見つめられた。

「待って。もう少し文明を信じたらいいんじゃないかしら……私が言うのもなんだけど」

フィリムが頭を押さえながら言う。

まあ、言わんとすることはわかるな。

「街道を使うにしても、このメンバーなら馬車を待つより歩いた方が早いと思うぞ」

「それはそうだけど。馬くらい買えないわけ？」

「あー」

ルルナが溜《た》め込んだ資産を考えれば余裕で馬車は用意できるか。

ただ……。

「馬、必要か？」

確かに便利ではあるがあれはあれで乗るだけで疲れるし、何より問題なのは買ってからの管理だ。

俺たちだけじゃなく馬のために寝泊まりする場所を確保する必要があることを考えると正直めんどくささが勝る。

「別に私は飛べるし、アンタも下手したら馬より速く走れそうだし、そっちの子は元の姿ならアンタの肩にでも乗ってればいいわけだし、移動速度は問題ないけれど、荷物があるでしょ」

「それはそうか」

フィリムの言う通り荷物は楽にできるか。

ただそれは馬じゃなくてもできそうだ。

「フィリムがやってた武器を収納するやつ、魔術だよな？」

「え？　ああこれね」

そう言いながら巨大な剣を空中から取り出す。

「確かに原理的には魔術だけど、アンタは魔術器用に使えるタイプじゃないわよね。私も自分の荷物分しかキャパがないわよ」

「俺は使えないだろうな」

「じゃあダメじゃない」

「いや……」

ルルナならおそらくできる。

しかも今見ただけで再現できるだろう。

「いけるか？」

「はい！」

元気に返事をするとルルナの前に黒い渦《うず》が発生する。

「うそ……」

フィリムは驚いてちょっとショックを受けたような表情になったが、そうなってもしかたないくらいにはルルナには魔術の才能があるからな。

「これで荷の問題は解決したか」

「いっぱい入ります！」

そう言うとルルナは持っていたものをどんどん黒い渦に突っ込んでいく。

その様子を見ながらフィリムが言う。

「なんかもう……すごいわね」

苦笑いするしかないフィリムがルルナを微笑《ほほえ》ましく見守る。

見た目はルルナの方が年上に見えるんだが、フィリムがお姉ちゃんみたいだな。

そんな風にのんびりルルナの様子を見守っていたんだが……。

「待って。なんかおかしくないかしら？」

「ああ……」

ルルナは黒い渦に持ち物を詰め込んでいる。

問題はその数だ。

「あの子、どこにあんな量のガラクタ持ち歩いてたわけ!?」

フィリムが言う通り、ルルナは服の中に手を入れるたびに新しいものを取り出す。

最初は服や日用品の範疇《はんちゅう》だったが、途中からがおかしい。

いつから持っていたかわからない木の実や、どこで拾って来たかわからない魔道具。なぜか木の棒やら馬車の車輪やら、明らかにガラクタと言っていいものまでどんどん出てくる。

しかも量も大きさも、ポケットに収まっていたとは思えないのだ。

「アンタもしかして自分の身体《からだ》に色々収納できるわけ？」

「はい！」

満面の笑みでルルナが答える。

「はぁ……いらないじゃない、それ」

悲しそうにフィリムがつぶやくが、まあその通りだな。

ルルナは無邪気に荷物の詰め替えを楽しんでいた。

◇

「順調だな」

ロイブやビグが動いてくるかと思ったが、思いのほか何事もなくムジアの近くまではやって来れた。

「ほんとに移動速度、馬より早かったわね」

若干呆《じゃっかんあき》れながらフィリムが言う。

「あの獣道だと馬は使えなかっただろうしな」

森をなるべく最短距離で抜けてきたから、道はあってないようなものだった。

そういう意味では馬よりも早かった。

そしてもう一つ、移動速度が思ったよりも早くなった理由がある。

「フィリムのおかげだな」

「おかげですね！」

「ま、まあそうね！」

褒《ほ》められて照《て》れるフィリム。

赤くなった顔を逸《そ》らしながらも誇らしげに胸を張るところがらしい姿だった。

「実際助かった。空から状況がわかるのは大きい」

途中からフィリムが上空から先導して、道を間違えないようにするのはもちろん、行く先々の障害についても事前に知らせてくれたのだ。

「道も間違えないし、魔物とも出会いませんでした！」

ルルナが言う通りだった。

これは結構、いやかなり、森を進むうえで大きなアドバンテージになっていた。

「まあそうね。私からしたらもう飛べない生活が考えられないけど」

ある程度土地勘《かん》や慣れがあっても、森や山の中で道なき道を切り開いて進んでいると迷いかねない。

常《つね》に方角を示してくれる上に、魔物がいれば出会わないように迂回路《うかいろ》も確認してくれるフィリムの存在は大きかった。

ルルナと二人ならこうも順調にはいかなかっただろう。

ちなみにそのルルナだが……。

「意外だったわね。その姿のまま歩ききるなんて」

「大丈夫です！」

当初はスライムに戻ってもらって、俺が肩に乗せて移動するなんて話もしていたのだが、ルルナは山道をスイスイ進み、俺がペースを上げても全く遅れることなく涼《すず》し気な表情でついてきていた。

魔物は確かに身体能力が高いが、魔物といってもスライム。

普通はここまでの体力はないはずだが、フィリムいわく【強化】の恩恵が大きいという。

「使えるようになると流石《さすが》に魔法よね。とんでもない力よ、それ」

「そうなのか」

「アンタ自身に恩恵が薄いからわかってないかもしれないけど、私も大分身軽になったし、今なら襲《おそ》えちゃうんじゃないかしら」

フィリムがそう言いながら近づいてくる。

「いや、多分無理だぞ」

「なんでよ！」

【強化】の影響かはわからないが、俺自身にも変化があるのだ。

「ここ数日は俺も身体が軽いんだ。多分今なら、ディボル相手でももう少し余裕がある」

「言ってた槍《やり》使いね。どういう原理なのかしら……【強化】」

「それを聞きに行くんだよな」

「そうね」

もうすぐムジアだ。

大図書館にいるフィリムの知り合いも頼れるだろうが、そうでなくても大図書館ならこの力に関《かか》わる何かを知れるかもしれない。

もしかするとビグやロイブの動きも伝え聞くことができる可能性があるな。

「ジーグさん、久しぶりの町ですね」

「そうだな」

「そういえばその子の喋《しゃべ》り方もなんか流暢《りゅうちょう》になってきたわね。人化したのも【強化】の影響だし、徐々《じょじょ》に変わるのかしら」

フィリムの言葉にはまだきょとんとするだけのルルナだが、当初に比べれば確かに随分《ずいぶん》、普通に言葉が出るようになってきてはいる。

元来の無邪気さが幼《おさな》く感じさせているが、この調子でいくと見た目に中身が追いつく日も近いかもしれない。

「頑張ります！」

腕を胸の前で組んで決意表明するルルナ。

この調子ならまだ保護者のような気持ちをギリギリ保てそうだった。

◇

「父さん！　今すぐ魔法使いを出して僕に歯向《はむ》かった馬鹿《ばか》を殺してください！」

ガルファ辺境伯の領主館に戻ったビグは、同じく王都から戻ったばかりの父、ギブ・ウィル・ガルファに早速直談判《さっそくじかだんぱん》をしていた。

ギブとしても戻ったばかりで考えることの多い中、息子からの急な訴えはあまり聞きたくないものだ。

「……何があった」

聞きたくはなくとも、聞かなくてはならないことはわかる。

「あいつは僕らを騙《だま》してたんだ！　そのせいで新しい魔法使いまでいなくなった！」

「待て。新しい魔法使い……ディボルか？」

「そうそう！　あの槍使いだよ！　あいつが負けたせいで【無能】まで調子に乗るし……ああ

思い出しただけで腹立たしい！　あいつら僕を森に置き去りにして殺そうとしたんだ！」

感情ばかりで話すせいで情報が全くまとまらない。

しかし自分の非を一切認めず、相手の行動だけを一方的に責め続けるのはある意味才能かもしれなかった。

頭を抱えながらもギブはなんとか情報を整理しようとする。

「まずジーグはどこだ。ヘルティアに預けていた【無能】は王都に戻さねばならん」

「王都に⁉　でもあいつは」

「今は何よりもそれを優先する必要がある」

ギブにそう言い切られて、ビグは思い通りにならない苛立《いらだ》ちと、多少の焦《あせ》りを感じ始める。

「ダメだよ！　あいつはこの領地で殺さないと！」

「何？」

「ロイブだよ！　あの役立たずの町長が一度ジーグを追い出しちゃったんだ。そんな扱いをしてたのが王都に漏《も》れたら大変じゃないか」

ビグはいい言い訳を見つけたと内心安堵《あんど》しながら語る。

ちょうどよく責任をなすりつけられるロイブという存在と、真実を隠したうえでジーグを始《し》末《まつ》できる口実を得たと考える。

だが、もうすでにビグが考えるような状況ではない。

「なんだと……」

深刻そうな父の顔を見て、ようやく多少なりともまずい状況であることに気づいたビグだが、そこで反省できる人間ならそもそも、ここまで事態を悪化させてはいない。

「だから殺そう！　領地中の魔法使いを集めて追いかければすぐじゃん！」

「ダメだ。何としても王都に戻す」

「えっ」

「そもそもそれだけの魔法使いたちを動員すれば領地は立ち行かん。ここは森に面した辺境なのだ。どの地も守護魔法使いは重要な役割を持っている」

至極《しごく》真っ当な父の意見に、歯嚙《はが》みすることしかできないビグ。

「そんな中、新たな魔法使いもいなくなっただと……？　負けたと言ったが、まさか……」

「ち、違うよ！　腕試しだって、まだ近くにいたジーグに勝手に挑《いど》んで勝手に負けたんだ！　ほんと身勝手な奴《やつ》だよ！」

「……」

当然この状況で息子の言葉を全《すべ》て信じられるわけはないが、それでもディボルを使ってジーグの暗殺を企《くわだ》てたとまでは、ギブも思っていなかった。

この時ビグが素直に真実を話していたなら、もう少しいい結果が得られたかもしれない。

だが自身が責められることを恐れたビグの口から真実は語られず、そのせいでギブも判断を見誤る。

「魔法使いは動員できぬ。人を放って捜索し、ジーグを発見次第《しだい》王都に送る。追放した件については誠意をもって対応し、王都での扱いも保証されていることも伝えれば、奴も断らないだろう」

「なっ！　あの男に誠意を⁉　あいつはとんでもない奴だ！　それにそんなことをすれば僕の立場はどうなるのさ⁉」

ビグが激高《げっこう》するが、ギブは取り合わない。

「将来を考えればこの程度、いくらでも経験することになるぞ」

それだけ言って話を区切ろうとするギブだったが、ギブが思う以上に息子は子どもだった。

「父さんも代わりの魔法使いに代えていいって言ったじゃないか！　そのせいでこうなってるのに！」

「だから責任を取るのだ。そのために下げたくもない頭を下げ、事態を収束させる」

「そんなの間違ってる！　僕があんなにコケにされたのにどうして頭を下げるんだ！」

ここに来てようやく、息子に施《ほどこ》してきた教育が間違っていたことを悟ったギブだったが、今さらできることはなくただ頭を抱えるだけだ。

何も言わない父を見て、何故《なぜ》か勝ち誇った表情をするビグはこう続ける。

「殺せばいいんだよ！　あんなの！　そうすれば王都に戻らなくたって森で死んだと言い張れ

るじゃないか！」

ギブも根底の部分はビグやロイブと同じタイプと言えるが、それでも踏んできた場数が違う。

この状況で優先すべきことは自分の感情でも、まして息子の癇癪《かんしゃく》でもないことは明らかだ。

「ならん。人を放って捜索を行い、早急に王都に戻らせる」

「ぐぬ……どうしてわかってくれないんだ」

子どもじみたビグの訴え。

子どもといってもすでに成人年齢である十五は越え、領地の運営も任せる段階にきている。

同世代の人間と比べても圧倒的に幼稚《ようち》な思考は、ギブが甘やかしてしまった結果だ。

そのことを誰より痛感しているせいで、ギブは何も言えず頭を押さえる。

ただ少なくとも、ここで息子のために大局を見失うほどにまでは愚《おろ》かではなかった。

「お前はロイブの元に向かいあやつにどう責任を取らせるか考えよ」

「ロイブに……」

「そうだ。あれが追い出しさえしなければここまで事態は悪化しなかったのだろう？」

「確かに……そうだ！」

「ならば、その処遇を考えるのがお前の仕事だ」

ギブの目論見《もくろみ》通り、ビグの思考がジーグからロイブに移る。

あまりの扱いやすさに安堵すると同時に不安がよぎるギブだったが、これ以上息子に構う余裕は今はない。

すぐに人を使いジーグの捜索に当たらせる。

ただこのときギブは、息子にもう少し気を配るべきだったかもしれない。

彼が想像するよりもはるかにビグは、愚かで考えなしの行動を巻き起こすことになるのだった。

六章　大図書館

Sasensareta [MUNOU] Kyuuteimahoutsukai, Jitsuha Mahouga Nakutemo SAIKYOU

ヘルティアは町ではあったが、村の集合体と言ってもいいような状況だった。外部から人が来ることはあまり想定されておらず、自分たちの生活のための施設がほとんどだったヘルティア。

それに比べるとムジアは、町としての機能が充実しているように見える。

「お店がたくさんです！」

ルルナのテンションが上がる。

「初めてか、こういうのは」

「はい！」

「この子が【強化】の影響を受けて人化したのって、ほんとに最近じゃないの？」

「ああそうか……」

「ここがムジアか」

「おー！」

俺と出会ったときがスタートだろう。

となるとヘルティアから出てきた少女のような反応になるか。

いやもっとだな。森から初めて出てきたのだから。

「すごい……！」

目をキラキラさせて周囲を見渡すルルナ。

完全に外から来た人間であることが丸わかりだが、それで悪目立《わるめだ》ちしないくらいにはムジアという町は外からの人間が多いようだった。

「大図書館も見えてるな」

「早速《さっそく》行きましょう」

「宿とかはいいのか？」

こんな場所なら宿の確保は早いうちにした方がいいかと思ったが。

「あとでいいわ。むしろそのあたりも全部教えてもらった方が効率がいい。できれば心置きなく話ができるような、信頼できる場所に行きたいじゃない」

「確かに」

一旦《いったん》フィリムとその友人を頼ろう。

「……私が言うのもなんだけど、アンタって簡単に相手を信用するわよね。しかも相手は魅魔《みま》なのに」

小声でフィリムが言う。

「まあ悪意を感じないからな」

「魅魔に悪意を感じない魔法使いってどういうことよ。まあいいんだけど」

ブツブツと言いながらも心なしか嬉《うれ》しそうな表情を見せながらフィリムが先導する。

ところどころで屋台につられて迷子になりそうになるルナを二人で捕まえながら、大図書館へと向かった。

◇

「わぁ」

「すごいな」

思わず声が漏《も》れる。

大図書館は半球型の巨大な施設であり、周囲が全《すべ》て本で埋め尽くされている。

その蔵書数に圧倒されて、入り口で立ち尽くす人間も少なくない。

入り口も広いし、入ってすぐは広めにエントランススペースが取られているので周りにはたくさんの人が溢《あふ》れていた。

「行くわよ」

「ああ」

フィリムはすぐに目的地に向かって歩き出す。

螺旋《らせん》階段を上り、友人がいるというフロアまで出向く。

階段を上っていても、登り切っても、周囲には本が溢れていて壮観だった。

「はぁ……。いちいち歩いて上るの、面倒《めんどう》ね」

流石《さすが》に人前で飛ぶわけにはいかないフィリムが愚痴《ぐち》をこぼす。

ちょうど階段を上り切ったところで。

「はは。たまには我々も地に足を付けて動いてもいいじゃないか」

「わっ」

突然の声にルルナが驚いて声を上げる。

周りには本しかないと思っていたのに、本棚の陰《かげ》から突然その人物は現れた。

「ああ悪い。驚かすつもりはなかったんだけどね」

ルルナやフィリムに比べると大人びているが、歳《とし》を重ねているようにも見えない。

経験は豊富そうなのに若く見えるという不思議なオーラを放つ人物だった。

「アミンだ。話は聞いている」

握手を求められて応じると……。

「へえ。フィリムの言っていた通り、美味《おい》しそうだ」

真面目《まじめ》そうなオーラが一変し、舌《した》なめずりしながら狙《ねら》いを定めてくる魅魔らしさを垣間見《かいまみ》せる。

「ダメよ！　私の獲物《えもの》なんだから」

「わかってるさ。でも、生き残っていたらおこぼれは頂戴《ちょうだい》したいね」

「まあそのくらいならいいかしら」

「勝手に話を進めるな」

物騒《ぶっそう》すぎる。

勝手に俺の生死の話をしないでほしい。

というか大丈夫なのか。こんな堂々と魅魔であることがバレるような会話をして。

「ああ、心配しなくともこの場所で話している内容は漏れないよ」

「――!?」

「おや。まるで心を読まれたという表情だね」

いたずらっぽく笑うアミン。

まるで、ではなく全くその通りだから驚いたんだが……。

「アンタがわかりやすすぎるのよ」

フィリムがジト目を向けてくる。

「ジーグさん、いいひと」

ルルナのフォローなのか追撃《ついげき》なのかわからない言葉を受けながら、とりあえず本題に戻す。

「この場所に何か仕掛けがあるのか？」

「ああ。二階フロアは私のテリトリーになっていてね。誰かが近づけばわかるし、このフロアにいない人間には声が届かない」

「すごいな」

「引きこもり御用達《ごようたし》の魔術ね」

魔術、というが流石にここまで高度かつ複雑な魔術は並の人間には使えない。

フィリムが使う武器の収納もそうだったが、あの規模を魔術で実現させられるなら魔法使いは廃業になるだろう。

自分たちを狙ってくる存在が、魔法に対抗できるほど高度な魔術を駆使《くし》する。宮廷で魅魔の危険性をあれだけ訴えていた意味がここに来てようやくわかったような気がした。

「さてと。聞きたいことがあって来たんだろう？」

アミンはそう言うと近くにあった椅子《いす》に腰かける。

俺たちも同じように座って、改めて話を始めた。

「いくつかあるんだけど……」

「構わないよ。時間はいくらでもあるからね」

「暇人《ひまじん》よね、ほんと」

「いちいちうるさいね、フィリムは相変わらず」

そんなことを言い合いながらも笑い合っているあたり、仲はいいんだろうな。

ひとまずこちらの事情をおおよそ話すと、アミンは少し考え込んでこう言った。

「一つずつ解消しよう。まずは君の力についてだね」

そう言ってアミンが説明を始める。

「【強化】。危険なほど強力な魔法だね」

「これが……？」

俺の反応に笑いながらアミンが言う。

「信じられないのも無理はない。長らく無能扱いを受けていたんだからね。ただこの魔法は、他の魔法と決定的に違う点がある」

「違う点……」

「ああ。魔法使いというのは皆、ある特徴を持って魔法を発現する。つまり発現する魔法にはある法則性があってね。自分がどうなりたいかという願望に則《のっと》っているんだ」

「そうなのか？」

宮廷でも聞かなかった情報だ。

「初耳かい。でも心当たりはあるだろう？」

そう言われて宮廷で出会った魔法使いや候補たちを思い出す。

目立ちたいと望んだ人間が派手《はで》な魔法を手に入れて喜んでいたり、他にも似たようなことはあった。

言われてみればというレベルだが、そういう法則はあるのかもしれない。

考え込んでいた俺を見て、アミンはこう言う。

「まあそんな反応になるのも無理はないか。自覚していなかったのであれば、今から思い返しても不確かな情報にしかならない」

「それは……」

半信半疑が顔に出たんだろうな。

アミンは嫌な顔をするわけでもなく、淡々《たんたん》とこう言った。

「結論を言おう。ほとんどの魔法使いというのは、自分のための魔法を発現する。どれだけ強力でもあくまで、個の力を伸ばすものが基本だ。だけど君は、初めから他者のための魔法を発現している」

「ああ……」

確かにこの点は、改めて聞けば大きな違いだろう。

だがかといってこの魔法が強力と言われてもピンとこないんだが。

「相変わらず顔に出るねえ」

アミンが笑う。

いた。

フィリムにもそう突っ込まれ、慰《なぐさ》めたいのかルルナはニコニコしてこちらを見つめてくれていた。

「うぐ……」

「ほんと単純よね」

そんな様子を見ながら、アミンが続けた。

「個人を伸ばす魔法と、他者を伸ばす魔法。個人が強くなることには必然的に限界があるだろう？　だが他者を伸ばすことに関していえば、生み出される効果は無限に広がる。伸ばすべき他者を増やしてしまえばいいのだからね」

「なるほど。確かにアンタ一人で、国家規模の武力を持てるわね」

「そういうこと」

アミンとフィリムがそう言い合って納得しているが、俺の頭はちょっと追いついていない。

「待ってくれ。そもそもこの力、そんなに何人にも影響を与えられるのか？」

「理論上はそうだろう。しかも君の場合すでに実例があるが、対象が魔物でも魅魔でも構わないと来ている。最強の魔法になり得る可能性を秘めているのは間違いない」

「ジーグさんすごい！」

ルルナが無邪気に褒《ほ》めてくる。

「この子の伸び方を見てればどれだけすごいかはわかると思うけど」

「それはルルナが特別なのかと思ってた」

「まあ互いが互いにそう思い合っているから無自覚なんだろうが、お互い普通ではない。それにフィリムも、久しぶりに会って驚いたよ」

「そうなのか？」

アミンがフィリムを眺《なが》めながら満足げに頷《うなず》く。

フィリムはフィリムでちょっと照《て》れた様子でこう言った。

「アミンが集落を出てから何年経《た》ったと思ってるのよ」

「まあそれもあるだろうけれどね」

アミンが笑う。

「そもそもアンタはヴァンパイアと間違われるのが嫌で、誤解を解くために旅に出るなんて言ってたのに、なんで図書館で司書なんてやってるのよ」

「そうだったのか？」

「ああ。この見た目だからね」

そう言うと変身を解いてアミンが魅魔の姿を見せてくる。

確かにその姿は、伝承に伝わるヴァンパイアと間違われても不思議ではないものだった。

「普段はいいのだけど、魅魔にまで誤解されるくらいだったからね。全く……ヴァンパイアじゃないなら釘《くぎ》を心臓に打ちつけても大丈夫だろうなんて言われたけれど、それをされて大丈夫な生物のほうが少ないだろう⁉」

珍《めずら》しく興奮《こうふん》気味にアミンが熱弁する。

「誤解される要素があるとすればそうだな……いい獲物がいると首を嚙《か》みたくなるけれど、こんなもの前戯《ぜんぎ》のうちだろう？」

突然こちらを誘うような表情になって迫ってくる。

俺が反応するより先に、ルルナとフィリムが間に入って遠ざけてくれた。

「油断も隙《すき》もないわね」

「冗談じゃないか」

そう言ってまた人間の姿をとるアミン。

「まあそんなこんなで司書になったわけだが、一人一人に私は危険な人物ではないと説明して回るより効率的だと思っているよ。魅魔やヴァンパイアのことを正しく伝えるのは、旅をしてまわるよりこの仕事の方が楽だしね」

「まあそう言われるとそんな気はするな」

大図書館は人も情報も集まる。

一人一人に会いに行くよりもずっと、この場所で発信するほうが効率的だろう。

「元々こもりっきりで本を読み漁《あさ》っていた女だし、理由は後付《あとづ》けよ」

「そうかもしれないね」

フィリムの言葉を受けても爽《さわ》やかに笑い飛ばしていた。

そのままこう続ける。

「ちなみに【強化】は自身が味方と認識した相手にかかるが……相手からの一方的な信頼にも応《こた》える性質があるようだね。ルルナくんのケースがそうだろう」

「ああ……それで」

キョトンとした表情でルルナがこちらを見てくる。

スライムのころから何かしらの理由で懐《なつ》いていたのなら、辻褄《つじつま》が合う。

「あとは逆もしかりで、君が一方的にでも信頼するものは【強化】の対象になってしまう。具体的に言うと、君は剣に思い入れのようなものがあるだろう？」

「剣……ああ！」

アミンの言わんとすることがわかる。

「ここまで喋《しゃべ》ったことだし最後まで話をさせてもらおうか。もう気づいたと思うが、君の【強化】に武器の側がもたなくなっている。結果、持とうとしても弾《はじ》け飛んだり、無理に使おうとすれば粉々《こなごな》になってしまう」

「確かにそうだった」

突然剣が持てなくなったわけだが、最初は愛用していた剣が突然砂粒のように崩壊《ほうかい》していったのだった。

その後も持つたび勝手に吹き飛んだり、すぐに壊れてしまって……最終的には木の棒で戦う羽目《はめ》になった。

あれ？

「木の棒で戦えたのは、一時的に【強化】が働いていたのか」

「そういうことになるね。剣では信頼しすぎてしまうから、効果が出すぎる。一方木の棒はあくまで木の棒でしかないという先入観があるからね。【強化】がかかるとしても一撃は放てるわけだ。実際これまでも、一撃を放ったらそれで終わっていたんじゃないのかい？」

「確かに……」

色々と合点《がてん》がいった。

全部繋《つな》がっていたわけだ。

満足しそうになった俺を引き留めるように、フィリムがこう言った。

「もう一つ、【強化】で聞いておきたいことがあるわ」

「なんだい？」

「【強化】の恩恵は、仲間にだけ与えられるのかしら？　それとも自分にも返ってくるのかしら？」

「いい質問だ」

アミンがニヤっと笑う。

全員がアミンの次の言葉を、聞き逃すまいと待っていたが……。

「それについてはね、わからない」

「何で勿体《もったい》つけたのよ！」

「あはは。でも仕方ないだろう？　そこまでの事例がない」

「事例が……」

「ああ。【強化】という魔法の前例では、使用者は自分で戦わず、【強化】された仲間を前において戦闘をこなしたんだ」

「なるほどな」

理には適《かな》っているというか、【強化】を最大限生かすのはそういう使い方なのかもしれない。

「でもこいつ、ほっといても前に出るわよ？」

「だからわからないと言ったんだ。そもそも使用者が最初から強いせいで比較も難しい」

「それもそうね」

褒められてるんだかけなされてるんだかわからないテンションで色々言われていた。

「というか前例があったのか？」

だとしたらなんで俺の能力を宮廷で誰も知らなかったんだ……？

そう考えていると、また顔に出ていたのかアミンにこう言われる。

「簡単じゃないか。この能力は一魔法使いの手に負える能力じゃない。使いこなされれば国家転覆《てんぷく》の可能性すら秘めているのだから秘匿《ひとく》するだろう？」

「そこまでなのか……？」

「アンタちゃんと話聞いてた？　そこまででしょ」

フィリムに呆《あき》れられる。

「いや……」

自覚しづらいな。

「まあ魔法の真相を知っているのはせいぜい王家の人間や上層部くらいだろうから、ほとんどは何も知らずに君を要職から遠ざけただけだろうね。当然危険視はされるから、王都に向かうなら気をつけていくといい」

「気をつける……か」

「ああ。具体的には仲間を増やして、自身に恩恵があるかを確認したりね」

「それはアンタが気になるだけじゃないの？」

「それもあるね」

アミンが笑う。

ともあれこれで、俺の魔法に関する疑問は大方払拭《ふっしょく》できた気がする。

アミンの話は色々と辻褄が合うし、わからない部分はこれから検証が必要というわけだ。

ルルナは終始よくわからないという表情で笑っていたが、まあいいだろう。

というかあとはルルナの話か。

「魔物が人化することって、よくあるのか？」

ひとまずアミンに尋《たず》ねてみる。

「よく、はないだろうね。事例は非常に少ない。そもそも人化したあと、魔物だったとカミングアウトしない場合もあるからね」

それもそうか。

魅魔がこうして人の生活に溶け込んでいるように、魔物が溶け込んでいても不思議ではない気がする。

「魔物と一口に言っても、その中には細かい区分けが存在している。言ってしまえばその辺にいるほとんど獣《けもの》と変わらない魔獣も、ドラゴンも、同じ魔物と呼ばれているからね」

「なんだったら私たちだって魔物に一括《ひとくく》りにされることすらあるわ。魔力を持っていて、人間じゃなければ魔物って呼ぶんじゃないかしら」

フィリムの言う通りな気もする。

亜人《あじん》のような存在でも、魔物と一括りにするケースはあるし、ヴァンパイアなんかはその典《てん》型《けい》だろう。

「同じ魔物でも、スライムとドラゴンじゃ格が違う。これはわかるだろう？」

「ああ」

ようとしていないので一旦よしとしよう。

スライム《ルルナ》を前に……と思ったが本人が全く気にする素振りを見せていないので一旦よしとしよう。

「人化のような変化は、普通の魔物では起こらない。上位の魔物がその格を持って行うのが普通だ。ドラゴンの中には人化が得意な個体がいて、彼らが独自に進化して竜人という存在がある。スライム人がいないのはスライムが人化できるほどの格を手に入れられないケースがほとんどだからだろう」

「なんかわかりにくいわね」

「まあ要するに、上位の魔物であればともかく、スライムが人化する事例は珍しい。逆に言えば、人化に至《いた》るほどの存在というだけで、彼女はその辺のドラゴンには引けを取らないだけの格……わかりやすく言えば強さを持っている」

「すごいな」

「えへへ」

褒めるとわかりやすく照れる。

照れながらも撫《な》でろと頭を差し出してくるのでとりあえず撫でながら話を聞く。

「さっき言ったように、彼女自身の力もあるし、君の魔法の力もある。これもまあ、比較対象があれば究明できるだろうね」

そう言ってフィリムを見る。

「彼女の変化は私がまた見るとしよう。さて、長話になってしまったね」

　アミンが立ち上がる。

「そろそろ仕事に戻るとしよう。君たちもしばらくムジアに滞在するんだろう？　というより、さっきの話を踏まえてそうしたほうがいいだろう」

「大丈夫なのかしら」

　フィリムの言葉に、アミンが答える。

「私の耳に君たちがお尋ね者になったという情報は届いていないから、急ぐ必要はないだろう。となると準備に時間をかければかけるだけ、君たちは強くなれる可能性を秘めている。王都で誰と会うかわからないけど、王家の人間が絡《から》んでくるなら強さはあって損《そん》はないだろう？」

　ムジアはガルファ領と近いとはいえ領主が違う。

　国が違うと言うと言いすぎだが、それでもここに情報がたどり着くまでには色々なハードルがあるだろう。

　であればアミンの言う通り、ここでもう少し情報の精度を高めるのはいいかもしれない。

　フィリムもそのつもりのようで、こう言う。

「それはそうね。というかムジアに来たならアンタ、手っ取り早く強くなる方法があるわよ」

「え？」

「強くなる！」

ルルナが楽しそうに目を輝かせる。

「どういうことだ？」

「武器が使えたら、もっと強いわよね？」

「あー……まあ、木の棒よりはいいだろうな」

その木の棒が【強化】されていたということだったのでそうなると少しややこしいが、それでも剣があれば変わるはずだ。

その武器が持てないのが問題なんだけど……。

「ああそうだったね。彼女なら確かに、君が使える武器を作れるかもしれない」

「彼女……？」

「私のこれ、作ってくれた職人が近くにいるのよ」

フィリムが大剣を見せながら言う。

最初に見た時から思っていたが、普通の剣ではない。

大きさだけで考えれば、フィリムの力で振り回せるものではないのだ。

かといって飾りというわけではない。強度もあり、間違いなく並の剣より攻撃力もある。

おそらく何かしらのギミックも仕込まれているだろうし、普通の職人では作れないのは間違いない。

しかも女性が扱っているのは珍しいな。

「行くでしょ？」

ニヤッと笑ってフィリムが言う。

答えは言うまでもなかった。
◇

「ふぅむ。あちらに見えるは可愛《かわい》らしい女子。そしてその隣にいるのが……忌《い》むべき悪の魔法使いというわけですな」

ぼさぼさの髪、だらしない体つき、独特の喋り方……。

眼鏡《めがね》を持ち上げてポーズを決めながら立つその姿は、一見して変わり者であると断定できるものだった。

「はぁ。どうして魔法使いってこんなのばっかなんだろうなぁ。まあちゃんと仕事してくれればいいんだけど」

「任せてくだされ、ビグ殿。必ずや某《それがし》の桜吹雪《ふぶき》が悪を成敗《せいばい》しますぞ」

「あー……まあいいんだけど。ブロンっていったっけ。絶対ちゃんと殺してよね」

ビグは父の反対を押し切り、独断で領内の魔法使いに声をかけていた。

当然ロイブにも圧《あつ》はかけているが、ビグの中での優先順位はこちらに移っている。コイブはいつでも断罪できるとして、問題なのはジーグだ。

妙な勘《かん》だけはいいせいで、ムジアにたどり着く前のジーグたちを発見し、こうして魔法使いとともに眺めていたわけだ。

とはいえ接触できた魔法使いはビグ視点でも頼りない男になってしまったせいで、なんとも気のない口ぶりになってしまう。

だが当の魔法使いは、そんなことを気にするようなタイプではなさそうだった。

「待っておってくだされ姫君。某の桜吹雪がすぐに救い出してみせますぞ」

領内にいたのは間違いないが、正規の魔法使い——宮廷魔法使いではない。

在野で活動する裏の存在が、ブロンだった。

ブロンの評価は単純な戦闘能力だけならディボルより低い。

だが魔法の特性と、本人の性格が相《あい》まって、ある条件下ではディボルよりも高い能力を発揮《はっき》する。

その条件が、対多数の戦いだ。

「君の魔法——」

「【桜吹雪】でございますな！」

「えっと……」

「気になるのも致し方なし！　某のこの魔法は見た目と威力《いりょく》を兼《か》ね備えた完璧《かんぺき》な武器。男なら誰もが憧《あこが》れ、女子なら誰もがこの姿に見惚《みと》れますからな！」

食い気味でブロンがビグに話しかける。

実際の評価はともかく、自己評価は非常に高いのはすぐにビグに伝わった。

「まあ何でもいいんだけど、ちゃんと殺せるの？」

「ふっふっふ。怖い、ですかな？」

「いや……」

「そうでしょう。この無敵の【桜吹雪】、恐れるのも無理はありません。ですがご心配なく！　我が【桜吹雪】は無敵なのです。必ずやあの女子たちを手にしますぞ」

「……まあ任せるよ」

あのビグが一瞬常識人に見えてしまうほど、ブロンという男は人の話を聞かない。

宮廷の干渉《かんしょう》を受けずとも条件を貫《つらぬ》けた男が、ブロンだ。

魔法使いが忌避《きひ》される理由を体現した男と言っても過言ではなかった。

これで魔法が実際に強力な点も含めて……。

ともあれビグはこうして、復讐《ふくしゅう》の機会を得てしまう。

幸運な結末に至《いた》るわけではないというのに、ここまではビグの思惑《おもわく》通りに事が運んでいるのだった。

七章 新たな武器

Sasensareta [MUNOU] Kyuuteimahoutsukai, Jitsuha Mahouga Nakutemo SAIKYOU

「武器……俺が握れる剣が作れるのか？」

「やってみないとわからないけど、要するに【強化】に耐えるだけの武器ならいいんでしょ？」

「そうらしいけど……武器の耐久力の差ってどこにあるんだろうな」

「それを聞くために行くんでしょ」

ムジアの町を出て東へ向かう。

ムジアは観光地にもなる大きな町なので、町を出てもしばらくは街道が繋《つな》がっているのだが、そこをあえて避けるようにして森の中に入っていった。

しばらくするとフィリムが飛んで方向を示し始める。

「また森なんですねー」

ルルナがそう言いながら楽しそうについて来る。

「日々流暢《りゅうちょう》になってる気がするわね」

「確かに」

褒《ほ》められて楽しそうなルルナの頭を撫《な》でながら先を行く。

目的の場所は武器職人が住む小屋らしい。

ルルナからすると森の方が落ち着くのかもしれないし、これはこれでいいのか。

「職人って気難しかったりするのか？」

「んー。別に普通じゃないかしら。そんな身構えなくてもいいわよ」

「ならよかった」

勝手なイメージで職人といえば頑固《がんこ》で厳しいイメージがあるんだが、まあフィリムの大剣を見る限り自由な発想で作っているんだろう。

そういう意味では安心だろうと思って森を進んでいたんだが。

「止まって」

「？」

フィリムが上空から足を止めるように指示を出してくる。

そして……。

「ごめん。気づかなかったわ」

フィリムがそう言って俺の後ろに降りてくる。

次の瞬間、前方の木々の奥からとんでもない殺気が溢《あふ》れ出した。

「——っ⁉」

慌《あわ》てて身構える。

「ジーグさん、これ！」

ルルナが背後から木の棒を投げてくれたのを受け取るとほぼ同時に、殺気の主は飛矢《ひし》のようにこちら目がけて突進してきていた。

——ガッ

鈍《にぶ》い音が鳴り、木の棒が一撃で粉々《こなごな》になる。

それでも突進をいなすことしかできず、相手は無傷で二の矢の構えを取る。

ようやく相手の姿が見えた。

「獣人《じゅうじん》……？」

姿勢を低くして、手をクロスして武器を構える獣人。

判断できたのは頭の上に耳があるからだ。

そうでなければ小柄な少女か、あるいは少年と見紛《みまが》った可能性がある。

それ以上じっくり見る余裕はなく、次の攻撃が繰り出される。

構えたトンファーから火が噴《ふ》き出し、その推進力のまま少女が突進してきた。

「くっ⁉」

武器もない状態では先ほどのようにいなせない。

「ジーグさん！」

「大丈夫なの⁉」

二人が叫ぶが、答える余裕はない。

ギリギリまで少女の突進を引きつけて……。

「ここだ！」

「――っ⁉」

身体《からだ》を回転させて突進を躱《かわ》し、殴りつけてこようと振り上げていたトンファーを掴《つか》む。

驚いた表情を浮かべた獣人だが、もう逃れる術《すべ》はない。

そのまま受ければただ手を殴られただけだが、突進の勢いより早く、さらにこちらも身体を回転させる。

こちらへのダメージは最小限のまま、相手は身体のコントロールを奪われ、突進の勢いが逆に本人に襲《おそ》いかかることになった。

「ぐはっ！」

トンファーごと地面に叩《たた》きつけられた獣人が再び動き出す前に、ルルナが持っていた木の棒を受け取って突きつける。

これでひとまず、話ができるだろう。

「助かった、ルルナ」

「はい！」

無邪気に笑うルルナと。

「本当にすごいわね。やっぱり武器、いらないんじゃないかしら」

「フィリムとアミンが言い出したんだろ」

「まあ……でもこれ以上強くなったら隙《すき》ができないじゃない」

愚痴《ぐち》を言うフィリムだが本心でないことは表情から読み取れた。

さて……。

改めて獣人を見下ろす。

まだ幼《おさな》い少女のようだが、獣人の寿命《じゅみょう》は人間より長く、見た目も幅がある。

実際のところは聞かないとわからないな。

「ぐっ……森に何の用だ！」

倒されながらもこちらを睨《にら》みつけてそう叫ぶ。

元々の目つきが悪いせいか迫力があるが、同じく目つきの悪さを指摘《してき》されることが多い俺からすると親近感が湧《わ》いてあまり圧《あつ》を感じないな。

「一応この先に目的地がある……らしいんだけど」

「人相の悪い人間がやってきた上に理由も何か怪《あや》しいって、襲われても仕方ないわね」

フィリムがそう言いながらこちらにやってくる。

和《なご》ませてくれようとしたのはわかるんだが、獣人の少女はフィリムの言葉も撥《は》ねのけてこう叫ぶ。

「人間は敵だ！　お前たちのせいで母さんは……父さんは……！」

「……？」

涙目になった獣人の少女を見て、突きつけていた木の棒を下ろした。

どうも話を聞く必要がありそうだ。

「名前は？」

「……ヴィーカ」

睨みつけてきながらもそう言ったヴィーカの身体をひとまず起こす。

渋々《しぶしぶ》ながら俺の手を取って身体を起こしたヴィーカに俺たちも自己紹介をする。

「ジーグだ」

「フィリムよ」

「ルルナです！」

こちらの勢いに押されて睨む力が弱まったのを見て、改めて話を切り出す。

「何があったか聞きたい。俺たちは敵じゃないというか……よく見てくれ、俺以外人間じゃない」

「それは……え？」

フィリムは最初から羽が生《は》えている。

ルルナは……。

「はい！」

そう言いながら手の一部だけをスライム化させた。

「ひっ!?　なにっ!?」

ビクッと飛び跳《は》ねて俺の背中に隠れるヴィーカ。

さっきまで戦ってたのに何で俺の後ろに……と思ったが、まあルルナが悪いか。

「アンタ、それ二度とやるんじゃないわよ」

「……？」

フィリムにも突っ込まれていたが、肝心《かんじん》のルルナはきょとんと首をかしげるだけだった。

またやるな、これは。

「なんなの……これ……」

相変わらず背中で怯《おび》えるヴィーカが言う。

もうすっかり最初の険悪なムードがなくなった点は、ルルナのおかげと言えるか。

「ルルナは元はスライムだった……らしいので、俺たちにこの先にいる鍛冶師《かじし》に用があって来た」

「やっぱり母さんに……！」

一瞬で再び目つきが戻ったヴィーカだが、今回はすぐにフィリムが間に入ってくれた。

「これ、見たらわかるでしょ？」

「これ……あ……」

空中から取り出した大剣を見た途端《とたん》、ヴィーカの表情が再び柔らかいものに変化した。

「私は客よ。あなたのお母さんのね」

「それは……申し訳ないことをした……」

行き過ぎなくらい一気に落ち込んだヴィーカに、フィリムが優しく笑いかけながら声をかける。

「いいわよ。バケモンのおかげで怪我《けが》はないし、そっちもそうでしょ？」

「ああ。全く敵《かな》わなかった……。傷つけるどころか、傷つけられることすらないほど力量差があったなんて……」

「気にしないでいいわよ。化け物なんだし」

「もしかして俺のことか……？」

「自覚を持った方がいいわよ。アンタは」

会話の流れ的にも褒められてるのかどうか怪しいというか、半分以上何か呆《あき》れとかマイナスの評価を受けている気がする。

「ただの人間が……しかも武器もなくこんな強いなんて……」

「魔法使いよ」

「魔法使い……！」

フィリムの言葉に反応したあたり、魔法使い絡《がら》みで何かあったのは想像がつく。

しかも怒りの鮮度が高かった。

「聞かせてくれるか」

「わかった。貴方《あなた》たちは敵じゃないと思うから……」

そう言いながら少しずつ、ヴィーカが話を始める。

その内容は思った以上に重たいものだった。

◇

「許せないわね」

一通り話を聞き終えたところで、フィリムが怒りを露《あらわ》にした。

話しながら泣き出したヴィーカをルルナが慰《なぐさ》めている。

「もう犠牲《ぎせい》が出てしまっていたのか……」

話の内容を要約するとこうだ。

突然現れた人間たちが自分に合う武器を作れと強要してきて、初めは当然断っていたらしい。だが高圧的な態度と魔法使いの戦闘力に脅《おど》される形で、渋々試作品だった魔道具を渡した。魔道具を受け取った男は、あろうことかその場で試し撃ちをしたというのだ。

鍛冶師であるヴィーカの母をかばった形で、店主であるヴィーカの父親がその攻撃を受けて死に至《いた》ったと。

だというのに数日後改めてやって来るまでに新たな魔道具を用意していなかったら、次はヴィーカを、そして母を殺すと宣言されている。

「おじさんは、この子を作ってもらったときに会ったことがある。魅魔《みま》の私に嫌な顔一つせず親身に話を聞いてくれた人のいいおじさんを……そんな身勝手な……」

フィリムの怒りに呼応《こおう》するように、大剣が震えて、その内からエネルギーが湧きだしてきている。

感情に呼応する武器なんて聞いたことがないが、それがそのまま、ヴィーカの母の鍛冶師としての腕を表しているんだろう。

「父さんは……」

ヴィーカが涙をぬぐいながら言う。

「父さんを殺したのは、何の力もない人間だった。武器の力で何でもできると思い上がっていて……でも、ほんとにそうなっちゃった。母さんはそんなことのために作ったわけじゃない自分が作った武器が夫の命を奪ったのだ。

……！　なのに……！」

あまりに残酷で、身勝手で、言葉が出ない。

「このままじゃ母さんは、あいつらが戻ってくる前に死んじゃう……！　もう何日もまともに食べてないし、このままあいつらが来たら……！」

再び感情が爆発したように叫んで泣くヴィーカをルルナが気遣《きづか》う。

ヴィーカの背中をさすりながら、ルルナがこちらを見て言った。

「ジーグさん」

その目に込められた意味は、言葉がなくとも伝わる。

「ああ。俺たちができることは何とかしよう」

魔法使いも絡んでる以上、守護魔法使いとして無関係ではない。

まあそんな理由がなくても、ここまで話を聞いておいて放っておけるような面々ではないだろう。

ルルナもフィリムも、戦うという意思が表情に現れていた。

「ヴィーカ。悪いけど敵討《かたきう》ちの機会、もらうわよ」

あえてフィリムがヴィーカにそんな言い方をする。

ここまで一緒に来てようやく、フィリムのこの手の言動が気を遣わせないための方便であることがわかってきた。

ヴィーカは俺と違ってその意図をすぐに察したようで、こう答えた。

「私も諦《あきら》めたわけじゃないから」

共闘の意志を確認し合う。

それが仲間に認定するきっかけになったらしい。

「え……？　力が……？」

ヴィーカが戸惑《とまど》いながら自分の両手を見つめている。

こみ上げる力はエネルギーになってヴィーカの周囲に溢れていった。

「俺の魔法だ。【強化】。仲間と認定した相手の力を引き出すらしい」

「【強化】……。そんな力が……」

「仲間、です！」

戸惑うヴィーカに、ルルナが嬉《うれ》しそうに言う。

「仲間……」

噛《か》みしめるように、ヴィーカはそうつぶやいた。

「まあまだ全然わかってないいんだけどな、魔法のことは」

「それに、そいつの強さは魔法関係なしよ。むしろ魔法のせいで武器が使えないみたいだし」

フィリムが笑う。

「そうなのかっ？　それで木の棒を……？」

　ヴィーカが疑問をぶつけてくる。

「ああ。木の棒なら一回くらいは耐えてくれる」

　それだけ言うと、ヴィーカは色々理解した様子でこう言った。

「あっ。それで母さんのところに……」

「そう。もちろんこの子のメンテナンスもだけど、メインの目的はそっちね。この化け物でも扱える武器が欲しい」

「なるほど。母さんならきっと……でも今は……」

「ええ。だからヴィーカ。あなたは母親に寄り添ってあげて。敵討ちの機会を奪うと言ったのはそういうことよ」

「それは……」

「大丈夫。私でもできるじゃない。あなたのお母さんに、あなたの作った武器がどれだけ素晴らしいか伝えることは」

　そう言いながら大剣を撫でる。

　ヴィーカは涙をこらえながら絞《しぼ》り出すようにこう言った。

「ありがとう」

「ええ。ちゃんと見てなさい。全部終わったら、もう一仕事あるんだから」

フィリムがそう言うと、ヴィーカは力強く頷《うなず》いてくれた。

これでここに来た目的は一つ達成できそうだな。

ルルナもこちらを見て頷く。

あとは……。

「相手のことも教えてもらえるとありがたい」

ヴィーカには母親と一緒にいてもらう必要がある。

戦うことになる相手について、なるべく情報を集めておきたい。

「相手は二人組だった」

「二人？」

思ったより少ないな。

片方が魔法使いだとすると、もう一人が雇《やと》い主か。

「魔法使いが二人ではないんだよな？」

魔法使いの多くは宮廷に所属する守護魔法使いだが、稀《まれ》に宮廷を介《かい》さず力に目覚め、そのまま野良《のら》で活動する者もいる。

王国としても魔法使いの才能に目覚めた者を放っておきたくないので声をかけて回っているはずだが、それでも見逃しもあるわけだ。

その場合多くの野良魔法使いは、金で動く。

ヴィーカからは予想通り、その組み合わせが返ってきた。

「ただの人間と、魔法使い。魔法使いは、【桜吹雪《ふぶき》】って言ってた」

ヴィーカがそう言いながらその魔法について解説してくれる。

どうやら周囲を無数の刃《やいば》のようなものが飛び交《か》う魔法らしく、攻撃以外にも目くらましだったりに使っていたらしい。

「心当たりあるかしら？」

「いや……」

俺がわかるとしたら宮廷魔法使い候補だった者が今は何らかの理由で雇われで動いているということになる。

だが宮廷の魔法使い候補は意外と多い。

同時期に訓練していたとしても覚えていないケースもあるし、そもそも出会っていないことすらあるわけだ。

それに、相手が宮廷魔法使いやその候補だった可能性は低いだろう。

もう一つの可能性は……。

「非合法魔法使いだったら見当もつかない」

「非合法……」

俗《ぞく》に言う裏社会に生きる魔法使いだ。

中には宮廷魔法使いではたどり着けないほどの境地に至るケースもあると言われている。

俺は出会ったことがないが、守護魔法使いにとって最も扱いたくないのがこの非合法魔法使いが起こす魔法犯罪だ。

対人間、対魔物、対軍隊……。守護魔法使いの訓練は基本的にそういった類《たぐい》だ。

対魔法使いの戦いははっきり言って想定していない。

基本的に魔法使いは魔法という特別な力を使って、特別でない相手を圧倒するための役割とされていた。

生きるか死ぬかの戦いを求められる仕事だと、なり手が少なくなるからだろう。

ほとんどの魔法使いは王国の管理下にあることを考えれば、出会う可能性は限りなく低い。

だがもし出会えば自分の命が危険にさらされるというわけだ。

そう思うとある意味、ディボルにとっては俺と出会ったのが非合法魔法使いに相対《あいたい》したようなものだったかもしれないな。一応俺の立場から見れば逆もしかりなんだが。

「ま、とにかくわからないってわけね。じゃあ人間の方は？　まあこっちは余計わからないでしょうけど」

魔法使いに比べて範囲が広すぎるからな。

期待せずヴィーカの言葉を待ったんだが、ヴィーカの口から出た言葉は、明らかに俺たちの知る人物を示していた。

「小太りで、偉そうで、キラキラした服を着た男だった」

「なんかこっちのほうがよっぽど心当たりがあるって顔してるわね」

「ああ……」

流石《さすが》にこれだけで断定はできなかったが、ヴィーカから追加情報がもたらされる。

「辺境伯の息子だって名乗ってたけど、嘘《うそ》よね？」

「……」

俺の沈黙を見てヴィーカが目を丸くする。

「え？」

「多分、そいつは本物だ。【桜吹雪】のことはわからないけど、ただの人間って言ってた方は間違いなく」

「辺境伯の息子って」

ヴィーカが戸惑いを隠せないという顔をする。

そして同時に、絶望の表情を浮かべ始める。

まあそうか。相手がそれだけの権力者となると、おいそれと手出しできなくなると思うのも無理はない。

だが……。

「父親を殺されたんだろう？　なら、躊躇《ためら》う必要はない」

ヴィーカにそう伝える。

相手は確かに権力者の息子だが、それだけだ。

「一応俺は宮廷魔法使いだ。状況証拠があれば、俺の証言でも罪は証明できる」

「ま、その立場が守れてるのか怪しいからこうして旅してるんだけど」

「おい……」

「冗談よ。頼りにしてるわ。宮廷魔法使いさん」

一度は冗談めかしたフィリムも、ニヤッと笑いながらそう告げてくる。

俺たちのやり取りを見て、ヴィーカも再び表情を引き締めた。

「さて、聞いてる限りジーグの武器を作ってもらうのを待ってる余裕はないわよね？　魔法使いはともかく、ただのボンボンはまた魔道具を持ってくるはず」

「あっ……」

ヴィーカが顔を伏せる。

「大丈夫。もう誰も、その魔道具で傷つけさせない」

真《ま》っ直《す》ぐに目を見てそう伝える。

「あ、ありがと……」

「魔道具の特徴を教えてくれ」

「わかった」

基本的に魔道具は戦闘用ではなく日常生活で使うものだ。

殺傷能力があるような魔道具はそう多くない。

いやまあ、ヴィーカのトンファーからは火が噴き出していたあたり、ある意味あれも殺傷力のある魔道具という扱いにはなるが。

特徴がわかっていれば、不意を突かれる危険を避けられるだろう。

「小さい魔道具で、火を固めて飛ばす」

「火を固めて飛ばす……？」

「本当は護身用なんだ。だから距離は短い。人を殺すには、このくらいの距離で撃たないといけない」

ヴィーカが俺との距離を見て言う。

「割と近いな」

ただ、この間合いはヴィーカのトンファーも、フィリムの大剣も逆に役に立たない狭さだ。

そこで突然使われたら厄介《やっかい》だろう。

「近づかせない方がいいわね」

「ああ」

わかっていれば対策はできる。

その後も情報交換を進めながら、一旦《いったん》ヴィーカの家、目的の鍛冶師のもとへと向かったのだった。

◇

「おしまいだ……」

ヘルティアでは執務室でロイブが頭を抱えていた。

ディボルとジーグの戦闘後、森で放置されたビグとロイブだったが、なんとか人里《ひとざと》まで降りることに成功し、元の生活には戻ることができた。

ビグはすぐに辺境伯領の中心、領主館のある町まで戻り父親にジーグの暗殺を頼み込んだが、失敗に終わる。

さらにその後、ビグは独自に魔法使いを確保するところまでやりきっていた。

その間ロイブはというと、部屋で嘆《なげ》き続けることしかできなかったのだ。

もっともその理由は、ビグがもたらした無茶苦茶な話のせいでもあるんだが。

「このままでは……このままでは私は全《すべ》てを失う！　あのガキ……全部私に押しつけてこようと……」

歯ぎしりをしながらビグの言葉を思い出す。

突然やってきたビグは、魔法使いを連れ立ったうえでこうロイブを脅していた。

『いいかい？　僕はこの魔法使いと一緒にジーグのところに行くけど、全部終わったあと君には責任を取ってもらうから』

『えっ……？』

『父さんがジーグを王都に送り届けるなんて言い出したからさ。殺さないといけなくなったんだよ。でも殺せてもそうじゃなくても、問題は起きるでしょ？　だから何かあったら全部、追放したお前が悪いってことになる』

『お、お待ちくださ――』

『これは決定なんだよ。父さんから処分は任せるって言われてるし。まあだから、責任取る準備でもしておいてね』

◆

本来であればビグがやるべきことは、ロイブを巻き込んで事態の収束をはかることだった。

少なくともコイブが自分に利する動きをするように調整しなければ、わざわざ再びヘルティアに来た意味はない。

それをあろうことか突き放し、最後に全てを押しつけると宣言した。

本来であればあり得ない上にメリットのない行動だが、ビグはこうしたほうが己《おのれ》の溜飲《りゅういん》が下がるという理由だけでロイブに一言言いに来たのだ。

「あり得ぬ。せっかく積み上げて来た地位が！」

この期《ご》に及んでまだ心配するところがずれているのがロイブだ。

それに今の地位も、ロイブが積み上げたのではなく、敷かれたレールに沿って生きてきただけだというのに。

「しかしガルファ辺境伯はなぜジーグを生かして王都に戻そうとなさるのだ⁉　あれだけのことがあったというのに」

結局のところ、能力がないのに親から地位だけを引き継いでしまった二人が、互いに責任を押しつけ合おうとして事態を悪化させているのが今の状況だった。

一度殺そうと画策《かくさく》した相手を王都に戻せば、その当事者であるロイブとビグの立場がどうなるか想像に難《かた》くない。

これについてはビグが虚偽《きょぎ》の報告を行い、自分たちの非を隠したことが原因なのだが、いかにロイブでもそこまでビグが愚《おろ》かだとは思っていなかったわけだ。

さらに悪いことに、ロイブの処遇についてはビグが全権を握っている。

ロイブとしてはもはや、ジーグと同等以上にビグもまた自分を脅《おびや》かす存在になっている。

「ジーグを見つけて殺す……そのうえであのガキも……だが魔法使いの応援はなし……そもそも領地もぐちゃぐちゃでそちらの対応も……」

挙げればきりのない問題点を頭に思い浮かべ、そのたび絶望に襲われる。

当然ジーグが生きて王都にたどり着けば真実が語られるため、ビグの立場も、それどころかガルファ辺境伯の立場も危ういものになるのだが、そこまでの想像力がないビグは責任をロイブに押しつければ何とかなると思っている。

だがさすがにそこまで楽観的な考えをロイブはしていない。

ビグがロイブに責任をなすりつけようとしていることも加味すると、まずジーグが無事に王都に入ることだけは阻止《そし》しなくてはならない。

さらにその上で、ジーグが死んだ場合の責任も押しつけられる可能性が高いロイブは、そちらの対応も必要だ。

その対応が現状では、ビグを殺すことになりつつある。

ロイブとしてはいずれにしても自分に責任が降りかかることは確定しているため、全てを覆《くつがえ》す一手が求められる。

「何とか……何とかしないと……」

ロイブの机には無数の報告書が積み上がっている。

ジーグの件に追われて対応が遅れているというのもあるが、それ以上にもう、魔物の被害が手に負えなくなってきているのだ。

新たな魔法使いとなるはずだったディボルも失踪《しっそう》し、魔法使いなしで各地の魔物の被害を抑え込むことは不可能。

町民からの要望や苦情は溜《た》まる一方で、これを無視し続けることは町の崩壊《ほうかい》につながるということも、ロイブは自覚し始めていた。

どこから手をつければ良いかもわからなくなったロイブだが、日ごろの行いのせいで頼る当てもない。

「ぐ……どうして……」

ジーグの性格を考えれば、ここでロイブが頭を下げれば戻ってきてくれる可能性もあっただろう。

だがロイブの頭には真逆の考えが渦巻《うずま》く。

「全てあの男が……あいつがしっかりと私を信じさせれば良かったんだ！　魔物を倒しているのが本当だというならもっとしっかりアピールすれば……！　そもそも無能などと言いふらされていなければこんなことにはなっていなかったのだ！」

結局どこまでいっても、ロイブは変わることができない。

何かのせいにし続けなければ精神を保てないのだ。

「くそ……ええい良かろう。こうなればあいつを殺せるのはむしろ幸運だ。なんとしてでも殺す。なんとしてでも……その後のことなどその時考えれば良い！」

ブツブツとつぶやいたのち、そう叫んで立ち上がる。

そんなロイブのもとに、突然声が届いた。

「いいね。気に入ったよ」

「──っ⁉　誰だ！　人払いは済ませていたはず！」

「人払い？　ああ。いてもいなくても変わらないよ。あんなの」

ロイブの目の前に突然現れたのは、一見すると少年にすら見えるほど若い男だった。

「なんだ……！」

慌てふためくロイブは非常用の連絡魔道具を起動しようとするが、手に持っていたはずの魔道具が次の瞬間には幻《まぼろし》だったかのように消える。

「なっ」

「いや、別に押しても良かったけど、聞かれないほうがいいんじゃないの？　この話は」

そう言いながら、いつの間にか奪い取っていた魔道具を手の上で転がしながら男が言う。

「……何が目的だ」

「目的？　それはむしろ君のための言葉だろう？　何をしてでも殺したい相手がいるんじゃなかったの？」

「それは……」

「叶えてあげるよ。その目的」

突然現れた若い生意気な男。

平時のロイブならすぐに追い出して相手にしなかったはずだが、今のロイブは普通ではいられない。

その上、男には何故《なぜ》か目を離せないオーラのようなものがあった。

「魔法使いか」

「ご名答。ジェイクって呼んでいいよ」

「ジェイク……辺境伯閣下《かっか》が送ってくださったのか？　いやいい。とにかくあいつを殺してくれるなら何でもな」

「殺してくれる？　ああ、何か勘違《かんちが》いしてるね」

「なんだと？」

ジェイクはおちょくるような声音《こわね》で続ける。

「なぜ俺が殺してあげるのさ？　自分でやればいいだろう？」

「それができたら苦労は――は？」

ロイブが気づいたときには、目と鼻の先までジェイクが迫っていた。

口を開いたところに先ほど奪われた魔道具をねじ込まれ、さらに瞼《まぶた》を無理やり指で押し上げられて目を合わされる。

「お前はジーグを殺す」

「なに……を……」

間抜《まぬ》けに魔道具を咥《くわ》えさせられたまま、ロイブがつぶやく。

次の瞬間にはもう、ロイブの思考はジーグを殺すことだけに集中していた。

「ジーグを殺す……」

うつろな目でそう呟《つぶや》くロイブを見て、ジェイクは満足げに消える。

ジェイクがいなくなってからしばらく。

ロイブがハッと目を覚ましたように意識を取り戻す。

「かはっ！　ぺっ！」

口にねじ込まれていた魔道具を吐き出すロイブ。

「これは……」

ジェイクがいたときの記憶は抜け落ちており、一見すると特に影響がないようにも思える。

だが、突然立ち上がったロイブは、そのまま執務室を出て行った。

そのまましばらく戻ることもなく、とはいえヘルティアの町はもはや混乱を極《きわ》めているせいかおかげか、ロイブ不在は大きな問題には発展しない。

住民たちは相変わらず魔物たちの襲撃《しゅうげき》に耐える生活が続くことになったのだった。

八章　愚か者の末路

Sasensareta [MUNOU] Kyuuteimahoutsukai, Jitsuha Mahouga Nakutemo SAIKYOU

「あー長かった。ようやく今日、あいつを殺す力が手に入るってわけだね」

庶民《しょみん》では一生かけても入ることのできないであろう豪華《ごうか》かつ広大な広さを持つ宿の一室で、ビグが目覚める。

ベッドの上で伸びをしながら、呑気《のんき》にそんなことを言っていた。

「まったく。この僕が泊まるっていうのに準備が悪すぎるよねー、この宿も。こんなちっぽけな部屋しか寄こさないなんて」

庶民ではもはや見ることすら叶《かな》わないほどの部屋をあてがわれていてなお、この言葉が出てくるところにビグの様々なものが見え隠れしていた。

「ビグ殿──！　起きてらっしゃいますかな⁉」

扉の向こうから野太い声が聞こえてきて、げんなりした表情を浮かべるビグ。

無遠慮に開け放たれた扉の向こうから、ぼさぼさの髪と無精《ぶしょう》ひげを生《は》やし、テカテカになった額を光らせながらブロンが現れた。

「うげ……シャワー浴びてよ……」

「何を言いますかビグ殿！　それでは某《それがし》が眩《まぶ》しすぎ、世の女性が放っておかなくなるではないですか。ありのままを見て愛してくれる女子が現れるまで、そのような有象無象《うぞうむぞう》に構う暇《ひま》などございません」

意味のわからない理屈でそう語るブロン。

実際のところ、彼の魔法はこの状態でこそ真価を発揮《はっき》するという意味では間違った行動ではないのだが、付き合わされているビグからしたらたまったものではなかった。

もっとも、そうでなくてもビグであれば部屋を分け、自分だけ最高の環境を求めたであろうことも容易に想像がつく話だが。

「さて！　今日は某のために最高の武器を作っていただいているんでしたかな！」

「あー……まあそうだね」

ブロンの話に適当に相槌《あいづち》を打ちながらビグが支度《したく》を進める。

最初のうちは世話係がいない状況に文句を言っていたが、ようやく自分で着替えができるようになったところだ。

鍛冶師《かじし》とはすでに話をつけた後で、今日はその回収に向かう日。

ブロンのための武器は本命ではなく、ビグにとっては自分の手でジーグを殺せる武器が得られるかどうかが今日の焦点《しょうてん》だった。

「いやぁ、彼女の作品は素晴らしい。一つの武器に様々なギミックを搭載《とうさい》するなどロマンの塊《かたまり》ですからな！　ビグ殿もその点を評価しての起用ですものな！」

「まあ……そうだね」

鬱陶《うっとう》しそうにブロンの相手をするビグ。

「きっと素晴らしい作品を作るはずですな！　ビグ殿のおかげで彼女に憑《つ》いていた悪《あ》しき存在も祓《はら》えたことですし！」

鍛冶師の夫婦を強襲《きょうしゅう》した事件は、ブロンの中でこのように自己解釈を進めていた。

別にビグが何かを吹き込んだわけではなく、勝手にブロンがそう言って盛り上がったので放置した結果、どんどん好き放題にストーリーを作り上げたという形。

ビグにとっても都合が良いのでそのままにしてある。

「とりあえず僕が安全に戦えるようになればいいんだけどね」

「何を心配しますか！　某がいるのですぞ！」

「はは……」

乾いた笑みで返すしかなくなったビグに言う。

「それに心配なされるな！　あれほどの鍛冶師なのですから！　さぞや素晴らしいものを仕上げてくるに違いありません！」

そう自信満々に言う。

そんな言葉を受けてビグは、小声でこうつぶやいていた。

「ま、役に立たなそうなら殺しちゃえばいいんだけどね」

鍛冶師の作った護身用のはずの魔道具は、望まれない形で製作者の命を脅《おびや》かす存在になってしまったのだった。

◇

「どうだった?」

「うん。眠れたみたい。よかった。何日も寝れてなかったし……」

目的地であったヴィーカの家にたどり着いて、まずは母親で鍛冶師のミーナと挨拶《あいさつ》をした。

だが何日もまともに食事ができず眠れもしなかった彼女を見て、今はとにかく休んでもらおうとヴィーカに寝室まで連れて行ってもらったわけだ。

俺たちから伝えたことは、味方であることと、必ず守るということだけ。

だったんだが、寝室に行く前、ミーナはこう言っていた。

『ヴィーカを連れて逃げて』と。

あれはもう、生きるのを諦《あきら》めた目だった。

「無理もないわね。それだけのことがあったのだから」

フィリムが言う。

言葉だけ聞けば冷たくも感じ取れるが、フィリムの表情が真意を物語っていた。

そしてその真意を、今度は言葉にする。

「絶対に許さないわ」

今回はフィリムの武器で倒すことに意味があるからな。

フィリムに気合いが入っているのは悪いことではないだろう。

そう思って油断していたら……。

「じゃ、ジーグ。脱ぎなさい」

「は!?」

「セックスはしないわ。力がなくなったら困るから。でもアンタの魔法って、親密になればなるほど力を引き出せるんじゃないかと思って」

そう言いながら何故《なぜ》かフィリムは服を脱ぎ始めて思わず顔を逸《そ》らす。

逸らした先にきょとんとした表情のルルナがいて安心していたんだが、その安心もつかの間だった。

「ルルナも脱いだほうがいいですか？」

「いやいや!?　勘弁《かんべん》してくれ」

再び目を逸らすと顔を赤くしながらもヴィーカが服に手をかけようとしていた。

「待て待て。まだこの魔法はわからないことが多いって言ってただろ！」

確証もないし、今そんなことをしている場合とは思えない。

だがフィリムはいたって真剣な表情でこう言った。

「わからないからやるのよ。今からできることなんて限られてる。でもできる限りの準備はしたい。私が思いつく最適解はこれよ」

フィリムは本気だった。

その真剣な表情に思わず言葉を失ってしまう。

そうこうしているうちに、いつの間にかそれでなくても露出《ろしゅつ》度の高い衣装がなくなっていた。

「ま、待った」

「なに？」

やろうとしていることと表情が合っていない。

本気でフィリムはこれが一番、ヴィーカたちの助けになると信じているんだろう。

でもだとしたらなおさら、今この提案を受けるわけにはいかない。

「フィリム。魅魔《みま》の感覚ではこれで親睦《しんぼく》を深められるかもしれないけど、俺はごめん。これで仲間意識を強くするのは難しい」

その言葉を受けて、それまで強引にことを進めようとしていたフィリムがようやく止まってくれた。

「なるほど。ほんとにそうみたいね」

「え？」

「だってほら、そういうことをしなくても、魔法が発動したわよ」

フィリムが服を整えながら言う。

言われて改めてフィリムを眺《なが》めると、確かにオーラが変わったのがわかった。

「なんで……」

「アンタにとって今の会話が、仲間意識を強めるものだったってことじゃないの」

言われてみると確かにそうなのかもしれない。

でも多分それは、俺だけじゃなくフィリムもなんだろう。

そんなことを考えてしんみりとした空気になっていたんだが……。

「私も！　強くなりたいです！」

「今までのやり取り見てたかちゃんと!?」

ルルナが突然抱きついてきてもみくちゃにされた。

元々の性質のせいかなんなのかわからないくらい色々柔らかくて何も考えられなくなる。

「アンタ……やっぱりこれでもよかったんじゃない！　それとも乳なの!?　乳の差なわけ!?」

「いや何のこと——あ……」

ルルナの変化はフィリムのものよりわかりやすい。元が魔物だからだろうか。魔力が溢《あふ》れてうっすら光ってるようにすら見える。

さらに……。

「――っ⁉」

突然ルルナが俺から飛びのくように離れる。

そして頬《ほお》を赤らめてこう言った。

「私……なんであんなこと……⁉」

顔を押さえながらテンパり始める。

頬を染めているし、今まで見たことない反応だった。

「もしかして、今の【強化】で羞恥心《しゅうちしん》が芽生《めば》えたんじゃないかしら。というかそれまで全くなかったわけ？　その身体《からだ》で」

フィリムがそう言うと、ルルナがこれまでよりはっきりした口調で答える。

「うう……そうかも、しれません」

顔を赤らめてそう喋《しゃべ》るルルナは、容姿こそ変わらないのに随分《ずいぶん》大人びて見える。

そんな様子を見ていたフィリムが……。

「アンタ、ほんとに童貞《どうてい》だったの？　この子にあんな無防備に迫られてたって……。そのうえで守ってたわけ？　もしかして勃《た》たないとか？」

「いやいや⁉」」

「ふーん、じゃあこんないたいけな少女にも興奮《こうふん》する変態だったってわけね」

「どう答えればよかったんだ⁉

　何故かちょっと機嫌が悪いフィリムにいじられていると、俺ではなくルルナの方が限界が来たらしい。

「うぅ……もう許してくださいー」

　羞恥心の限界を迎えた様子で嘆《なげ》く。

　流石《さすが》にフィリムもルルナにはそれ以上攻撃するつもりはないようで、苦笑いしながらルルナの頭を撫《な》でていた。

「ふふっ」

　そんな様子を見ていたヴィーカが、堪《こら》え切れず笑いだす。

「あははは」

　突然のことに最初は戸惑《とまど》っていたが、ヴィーカが涙をこぼしながら笑うのを見て俺たちもある種安心する。

　今まで抑え込んでいた色々を吐き出せたんだろう。

　フィリムが特に柔らかい表情でヴィーカを見つめていた。

「あはは……はは……」

笑い疲れるまで笑って、ヴィーカが前を向く。

「よしっ」

目にはこれまでにない力が宿っている。

比喩《ひゆ》ではなく、間違いなくエネルギーに満ちていた。

今回はフィリムに説明されるまでもなく、どういうことかわかった。

一連のやり取りがヴィーカの中で仲間意識を強める要因になったということなんだろう。

【強化】の恩恵は、双方の信頼関係に応じて決まる。

「こんなときにバカみたいなやり取りしてたのが今さらながら申し訳ないんだけど……」

「あはは。でも、おかげで吹っ切れたから」

ヴィーカの言葉にそれぞれ頷《うなず》き合う。

結果的にこの短時間でメンバー全員が【強化】の恩恵を受けたのだ。

これから必ず起こる戦闘に向けて、この上ない準備ができたことになる。

「そろそろかしら」

フィリムの言葉に全員表情を引き締め合う。

元々時間はなかったわけだからな。いつ来てもおかしくはなかった。

◇

「来ます！」

ルルナがそう言った。

三人の強化が済んで、ほとんど間を置かずの出来事だった。

「わかるのか？」

「はい。元々危機察知は得意です！」

「おお」

確かにそうだった。

俺と森で生活していたときも、その力に助けられてきたからな。

「ヴィーカ、ここは任せるぞ」

「うん。もう大丈夫。母さんは絶対、私が守る」

ヴィーカの表情を見る限り、ここは心配ないはずだ。

「よし」

「行くわよ」

「はい！」

ルルナがいつの間にか取り出した木の棒を俺に渡してくる。

木の棒を受け取り、やってきた相手を迎え撃つため外に飛び出していった。

「──っ⁉」

外に出た瞬間、殺気を感じてルルナを抱えて飛びのく。

フィリムは目だけで俺に大丈夫と告げ、自分で飛び立ってくれていた。

次の瞬間。

「【桜吹雪《ふぶき》】！」

かけ声とともに周囲に風が舞い起こる。

その風に触れるべきではないことは、ヴィーカのおかげでわかっていた。

「ジーグさん、多分あれなら、一人でも大丈夫です！」

抱えられていたルルナから声が上がる。

頼もしいな。

「下ろすぞ。気をつけてな」

「はい！」

身軽になると同時に、敵の攻撃が落ち着く。

姿を見せた魔法使いに見覚えはない。

だが後ろにいる男は、やはり見知った相手──ガルファ辺境伯の息子、ビグだった。

「へえ。まさか自分からのこのこ現れてくれるだなんて」

ビグが俺を見るなり得意げに語り出す。

「この僕から逃げようなんて無理な話だし、大人しく出てきたのは褒《ほ》めてあげるよ」

相変わらずの態度だが、ディボルを連れてやってきた前回とは事情が違う。

「ビグ。人を殺したんだな？」

睨《にら》みつけながら尋《たず》ねると、一瞬たじろいだ後こう叫び返してきた。

「うぐ……うるさい！　僕に歯向《はむ》かうからそうなるんだ！」

「歯向かう？　ほんとに歯向かったのか？」

「ふんっ！　そもそも殺したからってなんなのさ？　たかが庶民が一人死んだところで、僕にはなんの影響もないじゃないか！」

開き直ってそんなことを言うビグに怒りをぶつけたのは、俺ではなくフィリムだった。

「殺すわ」

「は？　――――っ⁉」

フィリムの大剣がビグに襲《おそ》いかかる。

初撃は何とか躱《かわ》したようだが、尻《しり》もちをついて固まっていた。

「っ……なんだ⁉　僕を誰だと思ってる！　おい！　お前も黙って見てないで助けろ！」

「ふむ」

ビグの言葉にようやく、隣で変なポーズをとって立っていた魔法使いが話し始める。

「某の力が必要でございますかな？」

「見てわからないのか⁉　さっさとこいつらを殺せ！」

「おやおや異なことを。某は悪の魔法使いを倒すためにこの場に馳《は》せ参じただけ。女子はお任せいたしますぞ！」

「は⁉　おい！」

好き勝手言う男が改めて俺を睨みつけてくる。

「さあ、女子を侍《はべ》らせる悪しき魔法使いに、このブロンが鉄槌《てっつい》を下しましょうぞ！　もっとも【無能】とあっては、某の前に手も足も出ないでしょうが……悪く思わないでくだされよ！」

妙な立ち姿でそう宣言したブロンと名乗る魔法使いが、そのまま魔法を発動させる。

「奥義《おうぎ》！　【桜吹雪】！」

奥義と宣言したが、攻撃内容は先ほどと同じだ。

だが今度は発生した風とそこに乗る花びらのような刃《やいば》が、ヘビのように長く連なって俺にだけ襲いかかる。

「まずは小手調べといくか」

正直、はじめの攻撃でも思ったがこの魔法は大した威力《いりょく》がなさそうなのだ。

ルルナに合図を送ってから、木の棒を振り上げる。

意図を察したルルナはすぐに次の木の棒を用意して頷いてくれた。

これでとりあえず一本は使える。

「こっちもある意味、奥義かもしれないな」

一回使えば木が使い物にならなくなるからな。

そんなことを言いながら、迫りくる相手の魔法に木の棒を振り下ろす。

「なっ⁉」

ブロンが驚きの声を上げる。

やっぱり木の棒の風圧でも何とかなる魔法だったな。

触れればどうなるかわからないが、これならこちらは問題なさそうだ。

「うぐ……。なんと邪悪な力！　某の【桜吹雪】を一撃で亡《な》き者にするなど！」

余裕があるのか元々の喋り方なのか判断に迷うが、少なくとも戦闘を放棄《ほうき》する気はないらしい。

「某の魔法は何度でも蘇《よみがえ》る！　【桜吹雪】いいいいいいい！」

「ルルナ！」

「はい！」

ルルナからのパスを受け取って再び敵の魔法と相《あい》まみえる。

ルルナは俺に木の棒を渡すと同時に、ストックはまだあるとアピールしてくれた。

心置きなくやれるな。

「行くぞ！」

「ふんっ！　某に近づくことなどできない！」

「はぁぁあああ！」

木の棒を振り下ろし魔法を破壊して進む俺と、魔法を何度も放って近づかせないよう踏ん張るブロン。

原理はわからないが、ブロンに近づくにつれて花びらの数が増える。

だがまだまだ対応できる範囲だ。

数の増える相手の攻撃をその都度《つど》破壊して、少しずつ距離を詰めていく。

そして……。

「ぐっ！　【桜吹雪】！」

「もう、射程圏内だ」

最後の抵抗を試《こころ》みたブロンを追い詰めたところで……。

「かかりましたな」

ニヤッと笑ったブロンがそう言うと、初めて殺気らしい殺気を感じることになった。

「我が【桜吹雪】は最強。ですがその真価は、こうして距離が近づいたときにこそあるのです」

ブロンの言う通り、距離で威力が減衰《げんすい》していたのは間違いない。

だがどうも、それだけではなさそうだ。

「言ったでしょう？　【桜吹雪】は、何度でも蘇ると！」

ここで初めて想定外のことが起きて慌《あわ》てて飛びのく。

「――っ！」

これまで破壊した魔法の花びらが、地面から舞い上がって一気に襲いかかってくる。

周囲はこれまで放たれた無数の【桜吹雪】の残骸《ざんがい》。そして正面はブロン本人の至近《しきん》距離から放たれる【桜吹雪】。

過去最大の威力で放たれた魔法は、食らえばただでは済まされないだろう。

「さあ、悪しき魔法使いに死を！　【桜吹雪】ぃいいいいいいい！」

意気揚々《ようよう》と宣言したブロンを前に俺は……。

「む？　諦めましたか」

何もしないで立ち尽くす。

対処するとすれば正面のブロンごと魔法を吹き飛ばす、という形だったが、俺が何かする必要がなくなってしまったのだ。

【桜吹雪】が俺を飲み込もうかと襲いかかってきた次の瞬間、巨大な剣が俺を守るように飛来する。

遅れてやってきた剣の持ち主が、俺に向かってこう言った。

「アンタ、ちょっと避《よ》ける素振りくらいできないわけ？」

「フィリムが見えたからな」

「はぁ……。おかげでまた強くなっちゃったじゃない」

文句を言いながらも表情は柔らかい。

フィリムを信頼していたことが伝わっただけで、【強化】の条件をまた満たしたらしい。

「なっ！　なんという……我が【桜吹雪】が……それにビグ殿は！」

バッとビグの方を見るブロン。

その先には失禁《しっきん》して倒れたビグがいた。

「まさか殺したのですか！」

「一緒にしないで。勝手に失神したから放置しただけよ」

「むむ……。よもやこの女子も倒さなくてはならないとは……。邪悪な気に満ちてとても危険だ！」

「なんなの？　こいつ」

フィリムが露骨《ろこつ》に顔をしかめる。

ちょっと普通に会話ができる相手ではなさそうだもんな……。

それにしても。

「殺すって言って飛び出したからちょっと心配してたけど、要《い》らなかったか」

「当たり前でしょ。この子を背負って殺すわけないじゃない」

大事そうに大剣を撫でながら言う。

「そうだな」

「むっ！　某を無視してイチャイチャと！　ふしだらな！　許せん！」

何かが逆鱗《げきりん》に触れたようで、再びブロンが魔法を使う体勢を取る。

だが……。

「うるさいわよ！」

ガンッと、大剣がブロンに叩《たた》きつけられる。

刃は当たらないようにしていたが、大剣の重さで叩きつけられれば……。

「なっ！　がはっ……」

一撃でブロンの意識は刈《か》り取られていた。

「ふふん。大したことないわね」

「フィリムさん！　すごい！」

勝ち誇るフィリムにルルナが抱きつく。

「ちょっとアンタ、さっき成長してなかった!?」

「フィリム相手だと幼《おさな》いまんまか」

嬉《うれ》しそうに抱きついて懐《なつ》いている様子は、まだまだ幼い妹のようだった。

九章

――王都の魔法使い――

Sasensareta [MUNOU] Kyuuteimahoutsukai, Jitsuha Mahouga Nakutemo SAIKYOU

「みんな……！」

「ヴィーカ」

戦闘が落ち着いたことに気づいたヴィーカが家から出てくる。

隣には……。

「ミーナ」

「ああ、本当に倒して……でも……」

ひとまずの危機が去った喜びと、辺境伯の息子を倒したというプレッシャーに苛《さいな》まれているといった表情だ。

「倒したのは俺たちだし、宮廷魔法使いとして報告するから心配しないでいい」

まだ不安そうにはしていたが、それで一応納得してもらうしかないだろう。

「これで一件落着かしら？」

フィリムの言葉通り、ひとまずは落ち着いた。

でも問題は残っている。

「こいつらをどうするか、だな」

倒れていたビグとブロンは、一応縛《しば》って寝かせてある。

とはいえ意識を取り戻したら暴れることは間違いないので、処理に困る。

ムジア領の兵や自警団を頼ろうにも、相手は一応辺境伯の子息と魔法使いだからな。

とくに後者は、並の設備じゃ自力で脱出できてしまうだろう。

「面倒《めんどう》ね。でも流石《さすが》にこれとはヤりたくないのよね……」

引きつった顔でブロンを見るフィリム。

「ああそうか。フィリムが襲《おそ》ったら力もなくなるのか」

「嫌だって言ったでしょ！　初めてはアンタって決めたんだから」

聞く人が聞いたら誤解されそうな発言だが、あくまで獲物《えもの》としての話だからな……。

まあそれはいいとして。

「アミンに頼むか？」

「あー。あの子ならこれでもいけるのかしら」

「いや、アミンなら魔法使い相手でも拘束《こうそく》方法とか知ってるかなって」

「あっ、そっちね。うーん。あの子意外と大雑把《おおざっぱ》なところあるから、だったらヤってしまえばいいじゃないか、とか言い出しかねないわね」

「あー……」

なんかちょっと想像がつく。

いやまあ、それはそれで一つの解決策なのかもしれないけど、ここまでフィリムが拒否した相手となると押しつけた感が出てよくないな。

「一時的に拘束しておいても、最終的にはやっぱり王都に行かないとだな」

辺境伯の息子を裁ける機関も、魔法使いをずっと封じ込める場所も、俺が知る限り王都にしかないからな。

「これを連れてって考えると、さっさと行きたいわね。ルルナの収納術なら入れられたりしないかしら、こいつら」

「やってみますか？」

一応そう答えながらもルルナも顔が引きつっていた。

「ごめん、私が悪かったわ」

フィリムがそう言ってルルナを引き寄せて抱きしめていた。

絶対にそんなことさせないという母性を感じる表情だ。

「どうしたものか……」

そんなことをしばらく考えていたんだが、のんびり考えている時間は思いのほか残されていなかった。

「――っ！」

ルルナがぴくっと顔を上げ、周囲を見渡す。

今回はルルナが気づいてすぐ、俺にもその気配が届いた。

「なんだ……これ……」

それだけ圧倒的で、強大なプレッシャーだ。

ディボルより、ブロンより、圧倒的に強力なプレッシャーを放つ相手。

戦い終えたばかりだというのに、フィリムとヴィーカは武器を強く握りしめて構える。

ルルナも震えながらも俺に木の棒を渡してくれた。

「来るわよ！」

フィリムが大剣を構えて前に立つ。

俺も動き出したところで、それよりも早く何者かがフィリムを剣ごと吹き飛ばした。

「なっ⁉」

フィリムを目で追う余裕もなく、こちらも対応を余儀《よぎ》なくされる。

飛来した何者かを受け止めただけで、木の棒は粉々《こなごな》に砕《くだ》け散って使い物にならなくなる。

だがフィリムへの突進と俺への突進でようやくそれも動きを止める。

土煙《つちけむり》の中から現れたのは、見知った顔の知らない姿だった。

「ロイブ……⁉」

いる。


「ジーグ……殺す……」

ロイブであることはわかる。

だがもはやそのオーラは禍々《まがまが》しく変化していて、別人と言っていい状況だった。首も手足も変な方向に曲がっていて、それを気にも留めていない異様さが禍々しさを増している。

「くっ……やってくれたわね……」

フィリムが戻って来る。

「大丈夫か？」

「大丈夫に決まってるでしょ。ミーナの前でこの子の力を見せつけないといけないんだから」

強がりにも見えるが、とりあえずダメージはない。

そんな様子をミーナは心配そうに見つめていた。

さっきの戦いは見せつける間もなく終わったことを考えれば、これが本番と思ってもいいか。

「ジーグ……コロす……殺す！」

自我を代償《だいしょう》に力を得ているのだろう。

仕組みはわからないが。

「何かの魔法の影響か？　それとも、アーティファクトか何かか……」

「今は原因よりあいつの対応でしょ！」

「まあそうだな」

ルルナから次の木を渡されているのを見て、ミーナが疑問を口にする。

「どうして木を？」

「魔法のせいで持てなくなったって。そのために来たって……」

隣にいたヴィーカがそう告げると、ミーナの表情が変わった。

「それなら……」

「えっ。母さん⁉」

鍛冶場《かじば》に向けて走り出したミーナをヴィーカが追いかける。

幸いロイブの狙《ねら》いは俺に絞《しぼ》られているようだからそちらには構うことはない。

だが立ち止まっていられる理性ももう、なさそうだった。

「来るっ！」

「大丈夫なわけ⁉」

フィリムの言葉に答える余裕はなく、ロイブが再び突進してくる。

身体《からだ》の関節がスピードについてきていないようでぐちゃぐちゃになっているが、それも気にも留めていない。

相当強力な力をかけられてるんだろう。

「とはいえ、黙ってやられるわけにはいかないんでな」

迎え撃つために木を構える。

だが……。

「なっ⁉」

構えただけで木が爆発したように弾《はじ》け飛んで使い物にならなくなる。

慌《あわ》てて素手で対応しようとするが、もう受け流せる状況ではない。

「くっ」

「死ネェエエえええええ」

ロイブは突進から、関節の構造を無視して腕を鞭《むち》のようにしならせながらナイフを突き立ててくる。

なんとかナイフだけは肘《ひじ》で軌道を逸《そ》らしたが、腕そのものの勢いが殺しきれない。

「かはっ……」

無理やり身体から空気を押し出される。

しかも相手は止まらない。

「ジーグさん！」

ルルナが慌てて木を投げてくれるが、飛んできた木の棒ごと回転するロイブに吹き飛ばされる。

受け取る前に木《こ》っ端《ぱ》微塵《みじん》になった木の破片と共に襲い来るロイブの腕をなんとかガードする

が、ダメージが避けられない。

そのまま吹き飛ばされる形で距離を取って、ようやく呼吸を取り戻す。

「はぁ……はぁ……」

木の棒すら持てなくなった。

理由はわかる。

「あれをもう、武器として認識してしまったってわけか」

ここに来て木の棒すら使えなくなってしまったのは痛い。

何が問題って、すでに正気ではないロイブを殺さずに止める方法が思いつかない。

痛みで心を折ることもできなそうだし、意識を刈《か》り取ることも難しいだろう。

「どうするかな……」

「なんか随分《ずいぶん》余裕そうじゃない」

フィリムが隣に来てくれる。

「いや、余裕がなくて困ってるんだけど」

「アンタのそれは余裕でしょ。相手を傷つけずに倒したいなんて、傲慢《ごうまん》すぎるわね」

フィリムが笑う。

「でも、今回はそれが必要なのよね」

「ああ」

少なくともフィリムは、その剣で殺しに関《かか》わるわけにはいかない。

「考えがあるわ。この剣は斬《き》るだけが全《すべ》てじゃない。相手の攻撃とぶつかっても耐える防御《ぼうぎょ》も兼《か》ね備えている。今回の相手はあんな無茶ずっと続けられるはずないんだから、耐え続ければ勝ちでしょ」

フィリムが言う。

軽く言ったがそれは、相手を殺して止めるよりはるかに大変だ。

出会った頃の人間の命を何とも思っていなさそうな態度から思うと、随分と変わってくれたなと思う。

もちろんミーナとの繋《つな》がりが大きいのもあるとは思うけどな。

「ジーグ、殺スウゥぅうううう！」

叫びながら襲いかかってきたロイブ。

フィリムと目を合わせる。

大剣に二人で手を添え、ロイブを迎え撃つ。

「死ネェエエエええええエエエえ」

ロイブが叫びながら飛び込んでくる。

二人で支えた大剣でそれを迎え撃つが……。

――ガンッ

正気と引き替えに得たであろうロイブのエネルギーは、大剣とぶつかって光を放ち始める。

「大丈夫か？」

大剣に加わるエネルギーは絶大だ。二人がかりでようやく受け止められるレベル。

油断すると吹き飛ばされるだけじゃなく、身体の一部を持っていかれかねないほどだ。

そんな状態でもフィリムは不敵に笑ってむしろこちらを煽《あお》ってくる。

「アンタこそ、踏ん張りなさいよ！」

いつも通りのフィリムの様子に安心して俺もロイブの攻撃を受け止めることに集中する。

「グオォおおおオオオおおお」

もはや人というよりも獣《けもの》のような声を上げながら、ロイブが力を増していく。

だが間違いなく、エネルギーの総量は削《けず》られているはずだ。

「くっ……」

鍔迫《つばぜ》り合いのような攻防が続き、フィリムの表情が歪《ゆが》んだところで、背後からミーナの声がした。

「ヴィーカ、これを彼に」

「これって……」

「投げて！」

切羽詰《せっぱ》まった声を受けて後ろを見ると、ミーナが何かを持ってきてヴィーカに手渡したところらしい。

「わ、わかった。ジーグ！」

何かわかったのはこの段階。

戻ってきたミーナたちから投げ込まれたのは、棒状になった金属の塊《かたまり》だった。

鍛冶師であるミーナが用意したそれは、通常期待される武器の形をしていない。

だが、そのことに意味があった。

「もらうぞ……！」

一度ロイブを押し返す形で力を籠《こ》め、そのまま跳躍《ちょうやく》してヴィーカの投げた金属塊《かい》を受け取る。

受け取った勢いそのままに、フィリムと鍔迫り合いになっていたロイブのもとに戻る。

「終わりだ！」

「死ね！　ジーグ……死ねッエエエエえええええ」

すでにフィリムと共に大分消耗《しょうもう》させている。

むしろこれ以上起きていたんじゃ流石に、ロイブの方がまずいだろう。助かるものも助からなくなるはずだ。

「一発で寝てくれよ」

そう願いを込めて、金属塊でロイブの身体を吹き飛ばす。

「グァ……アぁ……」

吹き飛んだロイブがピクピクと動く。

しばらく起き上がろうと這《は》いずっていたので身構えていたが……。

「ジーグ……ジ……」

そう言って結局、力尽きてくれた。

死んではないはず。

確認するより先に、脅威《きょうい》が去ったことをいち早く察したルルナが飛び込んでくる。

「ジーグさん！」

「ルルナ……」

「フィリムさんも！」

そう言ってすぐフィリムのもとに行って抱きつく。

フィリムもそれを受け止めて、撫《な》でながらこう言う。

「どうかしら？　あなたの作る武器はちゃんと、人を助けたわよ」

不敵に微笑《ほほえ》みながらミーナを見ていた。

これで伝わるかはわからないにしても、フィリムはできることをやり遂《と》げた。

「そうね……」

ようやくそこで、ミーナが心底安堵《しんそこあんど》した表情を見せてくれた。

「ありがとう。本当に……」

「母さん！」

安堵の表情を見せた途端《とたん》、崩《くず》れ落ちるように倒れたミーナを、ヴィーカが受け止める。

「母さん!?」

「大丈夫、です。力が抜けて眠っただけです」

意外にもルルナがすぐに傍《そば》に行って、ヴィーカにそう言う。

「そっか……よかった……」

当然まだ心労は残っているだろう。

亡くなってしまった夫は戻らないのだから。

ただそれでも、おそらく彼女にとって一番の心配は、ヴィーカの安否《あんぴ》だったんだろうな。

夫を殺したビグに、強力な魔法使い。

そしてイレギュラーだったが最後に何かに取《と》り憑《つ》かれたようなロイブがやってきた。

その全てが、彼女にとって娘を脅《おびや》かす脅威だったわけだ。

目の前で戦いの結果を見て、少しは気を緩《ゆる》められたってことだな。

「よかったわね」

フィリムが改めてそう言うと、母を抱きしめながらヴィーカが頷《うなず》いた。

これで一旦《いったん》、あちらは大丈夫か。

「で、こっちも問題だな」

当初問題だったビグとブロンに加えて、ロイブまで運ばないといけなくなったわけだからな。

それにロイブに関しては、治療も必要だし、原因も調べないといけない。

そう思って見つめていたロイブの身体が、突然凍《こお》りついた。

「は……？」

驚いてそれしか言えずに眺《なが》めていたが、いつの間にかロイブが白くなっていく。

「なんだ⁉」

再び身構える俺たちに、その魔法の主の声が届く。

「もう戦いの必要はありません」

静かに響くその声は、冷たく無機質で、よく通るものだった。

ただ敵意はないようで、ルルナも頷いて受け入れる。

静かに歩いてやってきたのは、無表情な女だった。

「シエラです。この度の騒動《そうどう》を受け、王都から派遣《はけん》された魔法使いになります」

「魔法使い？」

想定外の言葉に思わず声を上げる。

魔法使いと魔術師は明確に区別して考えるものだ。

彼女がそれを間違えたようには思えない。

とはいえ、女性の魔法使いなんて、聞いたことがなかった。

魔法使いの条件は、童貞《どうてい》であることだから。

「水と氷の魔法使い。それだけでは魔術師と同じですが……触れたものを水に変える力があります」

そう言いながら近くに落ちていた石を拾い上げる。

シエラの言葉通り、触れた石が同じサイズの水の塊になって、地面に落ちていく。不思議なことに、落ちる中で水は再び石に戻り、地面に到達した後はコロコロと転がって元の姿になっていた。

魔術で説明できない。間違いなく、魔法だった。

「女性の魔法使い……」

「珍《めずら》しいようですね。私以外にはいないようです」

「やっぱりそうなのか」

いや、そもそも一人でもいることが不思議なんだ。

そうなると前提が崩れるのだから。

見た目だけで実はというパターンも今、本人の口から否定されたしな。

シエラと名乗った当の魔法使いは、興味なさげに本題に入る。

「王都より下った命に基《もと》づき、司法の役割を一時的に私が取り仕切らせていただきます」

有無《うむ》も言わせない声で、無表情のままシエラがそう言った。

「そんな権限が……？」

「ええ」

色々聞こうとしたところで、タイミングよく……と言っていいかわからないが、ビグが目を覚ます。

「なんだ……なんだこれは！　どうして僕が縛られてるんだ⁉　こんな不敬が許されると思っているのか！　今すぐ外せ！　殺してやるぞ！」

起きるなり騒ぎ立てながら俺を睨《にら》むビグだが、そのビグにもシエラと名乗った女の冷たい声が降り注ぐ。

「静かに。ビグ・ガルファ」

「むっ！　僕に向かって命令する気か！」

「ええ。その権限を与えられています」

「はぁ⁉　僕はガルファ領を預かる辺境伯の息子なんだ！　次期辺境伯だぞ！　僕より偉い人間なんて――」

「国王陛下《へいか》より、王命をお預かりしております」

「なっ⁉」

国王の名が出たことで一瞬たじろいたビグだが……。

「あり得ない！　そんな偽物《にせもの》を作ってどうなるかわかっているのか⁉　無知なお前のために僕が──むぐっ⁉」

「今、貴方《あなた》に喋《しゃべ》る権利はないです」

「うぐ……ぐっ！」

口を凍らせられたようだ。ビグが暴れるが、無視してシエラが話を進める。

「安心してください。私にできることはあなた方を連れ帰ることまで。私が裁くことはありません。大人しくついて来ていただければ」

そこまで言うとビグの氷を解く。

「ぷはっ……はぁ……ふざけるな！　どうして僕がお前に命令される必要があるんだ！」

黙ってビグを見つめるシエラ。

「お前は王命を騙《かた》る偽物だ！　逆に僕が王都で証言したら大変なことになるのはお前だぞ！　わかったらこの縄《なわ》をほどけ！　僕はあいつを殺さないといけないんだ！」

ビグの言葉に、初めてシエラの表情が変わった。

あまりの言い草に呆《あき》れて戸惑《とまど》っている様子だ。

「……この場で殺害の意志を表明する意味がわかっているのですか？」

「知ったことか！　とにかく僕はこのままではいられないんだ！」

意気揚々《ようよう》と言い放つビグに、シエラは呆れた様子のままだ。

そして助けを求めるようにこちらに話を振ってきた。

「正直なところ、私に与えられた役割はジーグ様の保護までなのです。それに必要であれば、ジーグ様の障害を取り払う権利をもらっている」

「え？　そうなのか……？」

「はい。ですので決めてくださって結構です。この場でこの男を、殺すか否《いな》か」

「――っ⁉」

いかにビグでも、その殺気は感じ取ることができたんだろう。

心底冷たく、何の感情も乗せずに放たれた言葉は、流石のビグにも動揺を与えていた。

「う……お前……何様のつもりで……」

歯切れ悪く一応文句は言うものの、それまでの勢いはない。

そしてシエラはそれを無視して、真《ま》っ直《す》ぐこちらを見つめてきていた。

「ここで殺したんじゃさっき苦労した意味がなくなる。連れて行ってくれるなら願ったり叶《かな》ったりだ」

「そうですか」

次の瞬間。

ビグの身体が一瞬で固まる。

よく見えないが凍らせられたんだろう。

ロイブと、いまだ呑気《のんき》に寝ているブロンも縄で縛るよりも強力な拘束を施《ほどこ》される。

「シエラ様！」

どうやって運ぶのかと思っていると、シエラの名を呼ぶ馬車の一団が現れる。

置いて来てたのか……。

そしてようやく追いついた一団にも冷たくこう言い放つ。

いや別に冷たいのではなくデフォルトでこれなんだろうけど。

「ああ、追いついたなら運んでおいてください」

「え……？　彼らは……」

「様々な罪状があげられる極悪人《ごくあくにん》……といったところでしょうか」

「はは。シエラ様も冗談をおっしゃられるんですね」

「……？」

「え？」

表情が変わらないシエラの相手はどうやら、付き人たちも苦労しているらしい。

それにしても……。

「一体何者なんだ……？」

女性で唯一《ゆいいつ》の魔法使いということが大きい可能性もあるが、宮廷魔法使いがここまで手厚く付き人を伴《ともな》って、しかもかなりの権限を持って王都から出てくるなんて今まであっただろうか。

いやまあ、魔法使いにそんなこと任せられるようなのがいなかったというだけの話だとしたらそれまでなんだが。

「今はそんなことより、ひとまず喜んでもいいんじゃないの？」

フィリムがやって来て言う。

「アンタの目的、予定とは違う形とはいえ満たせるでしょ。これなら」

「ああ」

そうだった。

王都に行くための情報収集のためにやってきたのに、敵対が想定されたロイブもビグも自分からやって来てくれた形になった。

しかもその後の処理についても権限を持った宮廷魔法使いに保証されたと考えると……。

「なんか、うまくいきすぎじゃないか？」

「いいのよ。とにかく今は喜べば」

「まあ、そうしておくか」

ルルナもやって来て満面の笑みで抱きついてきて、ひとまずは一件落着という形になったのだった。

エピローグ

EPILOGUE

「宮廷魔法使いジーグ。ガルファ領守護魔法使いの任を解き、新たに任務を与える」

「はっ」

「そなたにはこれより宮廷魔法使いとして、侯爵位と同等の権限を付与《ふよ》すると共に、各地を自由に回り地方における問題解決や報告の任務に就《つ》いてもらう」

ビグやロイブたちとの戦いから数日。

俺たちはシエラとその付き人の一団と共に、王都にやって来ていた。

ヴィーカは母のことがあるからとその場に残り、フィリムとルルナは立場上、一旦《いったん》王都で別れる形を取り、俺だけがこうして宮廷に呼び出され叙任《じょにん》式に出ていた。

それにしても……。

「自由に……?」

思わず顔を上げてしまった。

相手は国王や国の重鎮《じゅうちん》たちだというのに。

「あっ」

「良い。此度《こたび》の決定は特殊だ。そなたが疑問に思うのも無理はなかろう」

「はっ」

再び頭を下げる。

まさか国王陛下《へいか》直々《じきじき》に話をされるとは思わなかった。

流石《さすが》に以降の説明は臣下《しんか》が引き継いだが、つまりこういうことらしい。

これまで宮廷魔法使いは、地方の守護に就くか、王宮にとどまり王都の治安を守るかという仕事しかなかった。

特殊な事情があるとしても、戦争時などに集められて軍に組み込まれることや、大きな災害があった際に集められる程度のものだ。

だが今回、対魔法使いを意識した抑止力として、戦闘能力の高い魔法使いを一部、遊撃部隊として運用することを決めたらしい。

基本的には各地を旅しながら状況を見て、必要であれば王都に報告を飛ばすというものだ。

どうやらシエラもこの立ち位置らしいな。

つまりあのときのシエラと同じような、強力な権限も有しているということになる。

「そなたが領地で受けた不遇な扱いについて、我々は重く受け止めておる。そういった被害を可能な限り減らすべく設けたものだ。励《はげ》むがよい、ジーグ」

っていた。
「はっ……」
国王陛下自《みずか》らにそんな言葉をかけていただけるとは思わず、そこから先は頭が真っ白にな
だがわずかな時間目を合わせただけでも、国王陛下がどういった人物かわかる。頭が切れる、
優しい人物だった。
とにかくどうやら、俺の宮廷魔法使いとしての生活は続き、これまでより自由で強力な権限
を授かったようだった。

◇

「これが……」

「手に馴染《なじ》むといいんだけどねー」

ミーナが持ってきたのは一本の剣だった。

王都での叙任式を終え、改めて俺たちは、ムジアに戻ってきていた。

正確にはヴィーカたちのいる森のはずれだ。

目的はもちろん。

「これがアンタの武器になるってわけね」

俺の武器を手に入れるため。

実は王都でも鍛冶師《かじし》を何軒か当たってはいた。

これは俺の意志というよりは、宮廷からの計《はか》らいという面が大きく断れなかった話なんだが。

とにかく何軒か、宮廷と伝手《つて》のあるような大きな工房や鍛冶師の元を回ったが、ただ一人として俺が握れる武器を作れた職人はいなかった。

どうやら国が結構な額を提示していたようで、俺が握っただけで渾身《こんしん》の一作が壊れたショックよりも、その報酬《ほうしゅう》が手に入らないことをがっかりする人間が多かった。

それはさておき……。

「ジーグさん！　これ、すごい力を感じます！」

ルルナが言う。

言葉こそ流暢《りゅうちょう》になったものの、相変わらず天真爛漫《てんしんらんまん》な雰囲気《ふんいき》は健在だった。

「アンタにはもったいないんじゃないかしら」

フィリムもそう言って笑う。

その言葉が本心ではないことは、もう言うまでもなくわかっていた。

「これ、私も手伝ったから……その……」

ルルナとは逆に、ちょっとコミュニケーションがとりづらくなったのがヴィーカだった。

妙に目が合わないというか……まあちょっと離れていたから距離感がわからなくなったのも

あるだろう。

フィリムも心配しないでいいって言ってたし、とりあえず気にしないでおくことにする。

とりあえず差し出されている剣に集中しよう。

当然ながら、普通の武器ではないだろう。

「いいのか？　これまでの剣は触っただけで壊れてたけど……」

「そうなったらその子はそれまでだったってことさ。遠慮なく壊してくれて構わないよ」

カラッと笑うミーナ。

最初に会ったときにどれだけ心労を背負っていたのかわかる。

本来のミーナはこっちなんだろうとわかる笑顔だった。

まだカラ元気な部分もあるんだろうけど、それでも前よりははるかに体調も良さそうだった。

製作者のお墨付《すみつ》きも得たことだし、ようやく渡された武器に触れる。

「もらうぞ」

覚悟を決めて剣を握る。

固唾《かたず》を呑《の》んで見守っていたヴィーカが、製作者のミーナより緊張した様子で尋《たず》ねてくる。

「どうだ⁉」

「ああ……壊れない」

それだけでもすごいんだが、ヴィーカは物足りなそうにもう一つ聞いてくる。

「それだけ？」

「いや。力を感じる」

実際握った瞬間から、俺の力を吸収して壊れるどころか、逆に溢《あふ》れた力を俺に押し戻してくるような、そんな不思議な感覚に襲《おそ》われる剣だった。

「抜いてみなよ」

「ああ」

鞘《さや》から剣を取り出すと……。

「え？」

「驚いたかい？」

いたずらっぽくミーナが笑う。

「これ、この状態が正しいのか？」

我ながらよくわからない聞き方になったが、それも仕方ないと思う。

何せあるはずのものがない。もはやこれを剣と呼んでいいのかわからなくなった。

「ああ。剣身《けんしん》は魔法が作る」

ミーナの言葉通り、弱々しいながらも光を放つ剣身がそこにある。

剣の形を成しているのはあくまで光であって、金属ではないのだ。

「剣身がない剣……」

「そう。全く鍛冶師になんてもん作らせるんだい。こんな出来損《できそこ》ないじゃ、武器と呼べないだろう？」

ニヤッとミーナが笑う。

「それが狙《ねら》いか」

驚く俺に答えたのはヴィーカだった。

「武器だと思ったものが使えないなら、これがいいかなって」

確かにヴィーカの言う通り、今の段階では武器と認識できない。

ただ、木の棒ですらそう認識してしまうのなら、いずれこれもと思ったが、そこから先はミーナが説明してくれた。

「魔法の効果は鞘が吸収する。吸収した力は、剣を抜いたときに剣身として現れる。溢れて壊れる前に発散させてあげればいいのさ」

「なるほど」

「アンタ、ちゃんとわかってんの？」

フィリムが声をかけてくる。

色々凄《すご》すぎてちょっとわかり切っていないことはあったかもしれないが、おおよそは理解した……はずだ。

だがフィリムの理解は俺より一歩先をいっていた。良くも悪くも。

「要はその未使用品と一緒ってことじゃない」

俺の股間《こかん》を見ながらそう言う。

あまりの直球さにミーナは笑ってヴィーカは顔を逸《そ》らしていた。

ルルナがきょとんとしているのが救いだな。

「お前……」

でも、この上なくわかりやすいのは事実だった。

「今までがどうかはともかく、この子は無防備だし私もこの格好《かっこう》だし、溜《た》まるのもアンタの魔法と同じじよね、勝手に発動するって意味では」

「もうそれ以上言うな」

「ふふ。ま、そっちの発散はいつでも手伝うから言いなさいね」

不敵に笑うフィリムに言葉を失っていると、ルルナが近づいて来てこう言う。

「すごいです！　ミーナさん！」

「ふふん。そうだろう？」

流石にフィリムの剣やヴィーカのトンファーの製作者だ。

使い勝手はこれから確かめるとして、構造を見る限り鞘だけで殴りつけることもできそうだ。

俺が持っても壊れない武器ができたことが大きい。

木の棒よりはるかに丈夫《じょうぶ》だ。

「ほんとは武器なんて使わないに越したことはないんだけど……」

ヴィーカが言う。

それはその通りだろう。

ただそうも言っていられない事情が、すでにあった。

王都での会話を少し思い出す。

◆

「わざわざ呼び出してどうしたんだ?」

「……」

叙任式を終えた俺をすぐに、シエラが呼び出してきたのだ。

相変わらず無表情で何を考えているかわからないシエラだったが、これだけポツリとつぶやいた。

「気をつけて」

「え?」

「それだけ」

言い切って満足したのか本当にすぐその場を去っていくシエラ。

「気をつけてって言われてもな……」

心当たりはないわけではない。

ビグの罪を問うということは、ガルファ辺境伯にまで間違いなく影響が及ぶのだ。

そうなれば広大な領地と複数の魔法使いを抱えるガルファ辺境伯が敵対するという可能性も、無きにしも非《あら》ずなわけで……。

「でも、あの感じはまた、別の話をしていた気もするな……」

結局シエラの助言は謎を残したままになったが、王都まで目的通りたどり着き、さらに事実上昇格と言えるような形で叙任式を執《と》り行ってもらって浮《うわ》ついていた俺の気持ちを引き締め直してくれたのだった。

◆

「ジーグ、さん？」

「ああ、悪い」

考え込んでいたせいでルルナが心配して顔を覗《のぞ》き込んでくる。

気づいたらほとんど目の前に来ていた。

邪気がないせいで油断すると思いのほか近くまで来られるんだよな……。

「で、どうするの？　これから」

「ああ。とりあえず仕事をもらったことだし、ムジアから少しずつ移動して国中を回ろうかなと思うけど」

「いいじゃない。私は言った通り、アンタの精気を奪えるまでついていくわよ」

「私も！　ジーグさんと一緒です！」

二人の言葉はまあ予想の範疇《はんちゅう》だった。

ルルナをどこかに預けるなんて話をしていたのが懐《なつ》かしいな。

俺が旅を続けるなら、一緒に旅をしても問題はない。

あのときはもう死ぬ覚悟すらあったからな。

二人はともかく、問題はヴィーカだ。

「どうする？」

俺からは聞くことしかできない。

ルルナやフィリムとの間に友情が芽生《めば》えていることは間違いない。【強化】という魔法の性質上、俺とも信頼関係があることは見えている。

だが、夫を失ったばかりの母、ミーナとこれからも一緒にいたいのは間違いないだろう。

いつまでもここにいられるわけじゃない俺たちの事情を考えると、ヴィーカにとっては家族か友情を選ばないといけないような状況だ。

とはいえきっと、母親を一人にしないだろうと俺たちも思っていたところだ。

だが……。

「行ってきな。ヴィーカ」

背中を押したのはその母であるミーナだった。

「でも……」

「顔に書いてあるよ。行きたいってね」

そう言ってカラっと笑う。

「母さんを一人には——」

「ヴィーカ」

娘の言葉を遮《さえぎ》って、ミーナが話し始める。

「私の幸せはね、アンタと二人きりで余生《よせい》を過ごすことじゃない」

「え……」

「それじゃあ絶対に後悔するって断言できる。父さんだってそうさ」

「じゃあどうすれば」

「アンタの好きに生きるんだよ」

「好きに……」

「そうさ。アンタがやりたいことやって、アンタが幸せになって、アンタのそんな姿が見れたら私は、それが一番幸せなんだよ」

「母さん……」

しんみりした空気をぶち壊すように、ミーナはこう続ける。

「それにアンタ、ほっといたらずっと独《ひと》り身じゃないか！　親としちゃこんな機会逃させるわけいかないだろうに」

「なっ⁉」

「あははは。いいかい？　勢いでモノにしちゃわないとだよ。それでなくても私ら獣人《じゅうじん》は人間と違って発情期も決まってるんだし」

「わー！　母さん！　もういい！　もういいから！　私も行くから！」

「あっはっは。そうしな」

勢いに押される形になったヴィーカを、ミーナがこれ以上ないくらい優しい目で見つめる。

「心配しないでいいよ。なんてったって父さんが見守ってくれてるんだ」

「……うん」

再びしんみりした空気になったが、今度はミーナも涙をためて、茶化さずにヴィーカを抱きしめる。

「行っておいで。私の可愛《かわい》い子」

「ありがと……」

どうしていいかわからずにいると、フィリムがあえてこんなことを言う。

「別に今生《こんじょう》の別れってわけじゃないじゃない。武器のメンテで戻ってくるんだし、それに獣人は人間より寿命《じゅみょう》も長いでしょ。こいつが死んだらまた一緒よ」

「おい」

それはそうなんだがあまりに身も蓋《ふた》もない。

そんな話をして皆で笑い合った。

というかそうか。

この中で一番早く死ぬのか俺……。

いやまあ、まだそんなことを考える歳《とし》だとは思いたくな――魔法使いになってしまっている段階で、考えた方がいいのかもしれない。

「ジーグさんはずっと一緒です！」

ルルナが抱きついてきてそう言う。

まあひとまず今はこのときを、精一杯《せいいっぱい》生きるのに忙しくなりそうだった。

あとがき

手に取っていただきありがとうございます。すかいふぁーむと申します。

今回原案とイラストが同じという不思議な座組だったのであとがきはそのあたりのことを話せたらと思います！

この小説は、イラストレーターのゼライトさんが考えていたキャラクターたちと設定をもとに、私が再構成してストーリーを考えるという形で作っていきました。

めちゃくちゃ綺麗《きれい》なイラストを最初からたくさん見させていただき、しかも最初から漫画化前提！　ワクワクしながら話作りをしました。

なかなかない形かつ、ゼライトさんは台湾で活動するクリエイターということで色んな壁はあったんですが、ゼライトさんの人柄や日本語能力、通訳さんや編集さんなどいろんな方に助けられてなんとか形になりました。

関係者の皆様本当にありがとうございます！

私が全く台湾の言語をわからない中、ゼライトさんは日常会話は余裕で日本語会話ができる上、何度も日本に来ていただき、私が開いてるお店にも遊びに来てくれて……と本当に楽しく一緒に作品作りをしています。

今回漫画も載《の》せてもらっていますが、同時並行でコミックも動いています！

しかもこれだけイラストが綺麗なゼライトさんが自らコミカライズしているので見ごたえ抜《ばつ》群《ぐん》！　ぜひぜひチェックいただけたら幸いです！

いつもは謝辞《しゃじ》を述べて終わるんですが、話の流れで先に感謝を述べているので余ったスペースはチラッと話に出たお店の話を……笑
埼玉県の川越《かわごえ》にて珍獣だらけのふれあい動物カフェをやってます。

すかいふぁーむのペットを展示しているお店、という感じですがゼライトさんのここでしか見られないイラスト付きサイン色紙も展示しています！

興味があればSlowlyTailで検索くださいませ。

各種SNSやYouTubeに可愛《かわい》い動物たちの動画や写真も載せているので癒《い》やされに来てくださいー。

最後になりましたが、本書をお手に取っていただいた皆様に最大限の感謝を！

また二巻でお会いできるのを願っています。

すかいふぁーむ

ジーグの無双が漫画で読める!!
―っ!!
バシュッ
バッ
シュッ
色んなカットも
小説とは一味違う
次も避けてみろ!
楽しめる――…!!
それじゃ
気持ちいいこと始めましょ♥
左遷された【無能】宮廷魔法使い、実は魔法がなくても最強
Sasensareta [MUNOU] Kyuuteimahoutsukai, Jitsuha Mahouga Nakutemo SAIKYOU
作品ページはこちら!
ニコニコ漫画
水曜日はまったり
にて連載中!!

左遷された無能宮廷魔法使い
実は魔法がなくても最強
vol.1
すかいふぁーむ
ZELITTO
竹内じゅんや
（ヤングジャンプコミックス刊）
描き下ろしページも収録の
コミックス1巻が
大好評発売中!!
【原作】すかいふぁーむ
【漫画・原案】ZELITTO
【コンテ】竹内じゅんや

ここからは、コミカライズ1話目を試し読み！
左遷された【無能】宮廷魔法使い、実は魔法がなくても最強
【原作】すかいふぁーむ
【漫画・原案】ZELITTO
【コンテ】竹内じゅんや

でかいな
変異種か…
グランドボア
危険度Aランク
十五歳で成人し
その前後で結婚が
決まるこの世界
お前に恨みはないが
町のため
ここで討伐する
二十五まで童貞を
貫く人間は
そう多くない
それが
俺の…

というのがこの世界の常識である！
守護魔法使いの仕事だからな!!

第1話

ガガガッ
プ…ブ…
これで——

討伐完了

一旦戻って
報告書を
書くか…
ガサ
ガサ
っと…
巻き込んでは
いないみたいで
よかった
ガサ
ガサ
辺境の町
ヘルティア
あっ…!?

帽子…
家に帽子を取りに戻るか…
見ろよ ジーグのやつ また来てるぜ
ピタッ
左遷されてきた無駄飯喰らいのくせに何をしに…
魔法使いなのに魔法も使えない【無能】…
噂じゃ武器も使えないらしいぞ…
なんであんなやつに税を取られないといけないんだ
せめてもう少し役に立つ宮廷魔法使い様ならよかったのに
ヒソ
ヒソ
ヒソ

…左遷された宮廷魔法使いか…
【無能】
それが俺に与えられた魔法
正確には【強化】という魔法を授かったらしいが
使用方法が不明なため宮廷から【無能】判定された

それでも
俺は…
あいつ
ウチに来てから
何かやったか？
ヒソ
何もせずに
税金でのうのうと
暮らしやがって
ヒソ
俺たちの暮らしは
こんなに苦しい
のに…
ヒソ
【無能】の
くせに！
守護魔法使い
としての
責務を…
カリン
カリン
いらっしゃ――
少しポーションを
いただきたいの
だが…

ちっ……ジーグか
本来ならお前なんかに売りたくないんだがね
……申し訳ない
ほらよ
コト
チャ
この金も元は私たちの税金だ
チャリ
何もしなくても金は入る
魔法使い様はいいご身分だね
……
まだいたのかい さっさと出ていきな【無能】!
バタン
……

【無能】魔法使いか…
子供の時に宮廷に預けられて
魔法使いになったが
その結果が【無能】とは…
【強化】!!
しーん

…宮廷での修行で
普通の人よりは
戦えるのが
せめてもの救いだな
ギロッ
なんだ…？

何か
あったのか？
ワイッ
ガチャ
やっと来たか
ジーグ
ロイブ町長
俺の家で
何を…？

早く入れ
お前と
くだらない話を
するために
こんな山奥に
来たのではない
今回 私
自《みずか》らここへ
来たのは
お前に頼みが
あるからじゃ
頼み？
これは
町の総意
でもある
コクッ

お前はもう必要なくなった
この町から出て行ってくれ
え…？
続きはコミックス1巻または
ニコニコ漫画で！

ダッシュエックス文庫

左遷された【無能】宮廷魔法使い、実は魔法がなくても最強

すかいふぁーむ

2025年3月30日　第1刷発行

★定価はカバーに表示してあります

発行者　瓶子吉久
発行所　株式会社　集英社
〒101−8050　東京都千代田区一ツ橋2−5−10
03(3230)6229(編集)
03(3230)6393(販売／書店専用) 03(3230)6080(読者係)
印刷所　株式会社美松堂／中央精版印刷株式会社
編集協力　蜂須賀隆介

ISBN978-4-08-631594-4 C0193